베를린에 없던 사람에게도

걸어본다
16

베를린

베를린에 없던 사람에게도

●

한은형 에세이

ㄴㄴ › ‹ ㄷㄴ

•
차
례

• 모스크바, 파리, 베를린 •

7월 1일, 나는 인천에서 에어프랑스를 타고 샤를 드골로 가고 있었다. 오전 9시 30분 비행기였고, 열 시간 후쯤 샤를 드골에 도착할 예정이었다. 그러고 나서 두 시간 후쯤 베를린으로 가는 비행기를 타야 했다. 그렇다. 내 최종 목적지는 베를린이었다.

베를린으로 가는 항공권을 알아보기 전까지 나는 한국에서 베를린으로 가는 직항편이 없다는 것을 알지 못했다. '당연히' 있다고 생각했다. 독일의 수도이고, 또 글로벌 아트 신의 주요 영토(?)이고 등등. 이제 와서 생각해보면, '글로벌 아트 신'이 창출해내는 수요라고 해봤자 인기 있는 관광지의 그것에 비해 얼마나 하잘것없을까 싶지만……

대한항공을 타고 가기로 하고 해당 사이트에 접속을 했는데, 첫번째 난관. '베를린'이라고 목적지를 입력하니 쇠네펠트SXF와 테겔TXL 중 하나를 선택하라고 한다. 쇠네펠트보다는 테겔이 큰 공항인 것 같아 테겔을 선택. 그다음에는 어느 도시를 경유해서 갈 것인지를 정해야 했다. 베를린에 가기 위해서는 파리나 런던, 모스크바, 비엔나, 프랑크푸르트, 뮌헨, 암스테르담, 헬싱키, 두바이 등을 거칠 수 있었다. 그렇다는 것 역시 베를린행 항공권을 예약하다 알았다.

잠시 머물다 가기에 어떤 도시가 가장 이상적일까? 아니면 며칠 머물기에 적당한 도시는 어디일까? 둘 다 바보 같은 질문이다. '가장 이상적'이라는 건 사람에 따라 너무나 다를 것이며, '적당한'이라는 형용사 역시 부적절하다. 5년 전 나는 '그런' 도시로 '모스크바'를 선택한 적이 있다.

원래는 모스크바에서 3일인가 스톱오버를 하려고 했었다. '스톱'이면서 '오버'다. 출발지와 도착지 사이의 어느 곳에서 잠시 머물기. 단기 체류. 그 '스톱오버'라는 개념을 그때 처음 알았는데 그게 이상하기도 하고 매혹적이기도 했다. '스톱'이면서 '스톱'으로 있지 못하는 그 상태가, 그 불완전함이, 그 약간의 구속과 자유가 같이 있는 상태가.

나는 파리에서 한 달을 머물 예정이었고, 내가 자발적으로(그리고 독립적으로) 선택한 거의 첫 여행이었다. 경비가 충분하지 않았고(아니, 빚을 낸 참이었다. 항공권에서부터 숙소 비용에 이르기까지 모든 여행 경비를 그렇게 충당하기로 하고 떠난 여행이었다), 그래서 파리행 직항을 타지 않고 다른 도시를 경유하기로 했던 것이다. 모스크바에서 3일을 보내기로 하고 문제의 '스톱오버'라는 개념을 활용하기로 했던 것인데, 자신이 없었다. 무엇보다 언어 문제. 러시아에서는 영어가 전혀 통하지 않는다는 말을 들었고, 알파벳이 아닌 키릴문자로 표기한다는 것 정도는 알고 있었으니까. 그래서 '모스크바 스톱오버'를 '모스크바 환승'으로 바꿨다. 그러니까 단기간 체류가 아니라 단시간 체류.

결과적으로 너무 잘한 일이었다. 모스크바 공항의 직원들은 내가 세상에서 만나본 사람들 중 손에 꼽을 만하게 불친절했다. 어떤 악의가 있다고까지는 보이지 않았지만 내 여권을 펴는 것이나 항공권을 확인하는 것조차 귀찮아 했고, 다소 신경질을 부렸던 것도 같다. 그런데 그게 또 웃겼던 것이 나한테 부리는 신경질이 아니라는 것을 알 수 있었기 때문인데…… 그 신경질의 대상이 자기 자신인지, 아니면 모스크바 공항인지, 아니면 모스크바라는 그 도시인지는 모르겠지만 그들은 단단히 삐뚤어져 있었다. 평소의 나라면 그런 삐뚤어짐을 귀여워해줄 수도 있지만 그때는 상황이 그렇지 못했다. 어쩌면 비행기를 놓칠 수도 있었고, 어쨌거나 이런저런 이유로 잘못될 가능성이 없다고 볼 수 없었다.

모스크바 공항은 황량했다. 사람이 없어도 너무 없었다. 여기서 나 하나쯤이야 잘못되는 건 아주 간단한 일로 보였다. 모종의 위험한 기운. 그런 게 흐르고 있었다. 2011년 9월의 모스크바 공항에는. 이게 나의 기우가 아니었던 게 실제로 비행기를 놓칠 뻔했다. 귀찮아 하면서 동시에 신경질을 부리던 한 직원이 탑승 게이트를 잘못 알려줘서. 그래도 길게 늘어진 초록색 톤의 바카디 광고는 무척이나 근사했다. 제대로 된 탑승 게이트를 찾아 헤매던 중 멈춰서 사진을 찍었을 정도였으니까.

당시는 기분이 꽤나 좋지 않았는데 이제 와서 생각해보면 모든 게 웃긴다. 모스크바 공항의 그 이상한 황량함과 사람들의 기괴한 불친절이. 그래서 그때 생각을 하면 기분이 좋아지는 것이다. 그러고는 내가 아는, 혹은 알게 된 사실을 그 모스크바적 상황에 덧붙이는 것이다.

이를테면 이런 것. 핀란드에 가면 '클럽 모스크바'라고 하는 카페(운영자는 영화감독 아키 카우리스마키)가 있다고 하는데, 여기에 구현된 분위기가 내가 보았던 그 '러시아적 분위기'일지 궁금한 생각이 든다든가 하는.

다시 본론으로 돌아와서, 그렇게 간 파리에서 한 달을 '살았다'. 6구와 7구 사이에 있는 동네에 스튜디오형 숙소를 빌려서. 장을 봐서 요리 비슷한 것을 해먹고, 꽃을 사서 꽂고, 빨래도 하고, 쓰레기도 버리고, 가끔은 향을 피우거나 초를 켰다. 그리고 미슐랭에서 만든 세 종의 지도를 용도와 크기별로 사서 골목골목을 돌아다녔다. 내가 좋아했던 스폿 몇 군데를 반복해서. 프레지덩 윌슨에서 이에나로 이어지는 거리, 들라크루아 아뜰리에가 있는 광장, 파시의 작은 백화점, 자드킨 뮤지엄이 있는 거리, 오스카 와일드가 죽기 전에 묵었던 삼류 호텔(이었다고 하는데 지금은 그렇지 않은) 언저리, 몽소 공원 근처, 다니엘 뷔랑의 설치가 있는 팔레 루아얄 뜰, 가라테를 연마하는 중년 남자가 있는 튈르리 공원의 그곳, 세르주 갱스부르 집이 있는 거리, 센강변의 볼테르 거리, 갈리마르 출판사 앞 100년 된 굴집…… 이런 식으로.

·

그래서였을까. 고민하지 않고 환승 지점을 파리로 골랐다. 외국에서 가장 오랜 시간 머물렀던 도시이기도 하고, 무엇보다 샤를 드골 공항을 좋아하기 때문에. 내가 상식적인 사람이었다면, 총 소요 시간이나 기내식의 질, 환승 공항의 편리성 등을 따져 선택했겠지만, 나는 그런 사람이

모스크바, 파리, 베를린

아닌 것이다. 내가 모험심이 많은 사람이었다면 가보지 않은 헬싱키나 두바이 같은 데를 골랐겠지만, 나는 그런 사람도 아닌 것이다.

상식적이지 않고, 모험심이 별로 없다. 그런 것과는 가장 거리가 멀다고도 할 수 있다. '했던 것을 다시 한다, 그리고 또다시 한다'가 나의 행동 방식에 가깝다. 가끔 이런 게 지루해져서 뭔가 새로운 걸 해보기도 하지만, 그러기까지는 정말 많은 결심과 독려와 채근이 필요한 사람인 것이다. 써놓고 보니 꽤나 지루하게 살고 있는 것 같다. 그리고 답답하게.

내가 샤를 드골을 좋아하는 이유도 아주 답답하게 보일 만하다. 샤를 드골 공항의 붉은 톤—버건디도 아니고 레드도 아닌, 그건 '샤를 드골 레드'라고밖에 할 수 없을 것인데—과 그 톤으로 된 카펫과 의자, 그 의자들이 도열해 있는 풍경이 좋다. 그 선택과 조합과 배치의 방식이. 또 공항의 귀퉁이에서 나타나곤 하는 풀 비슷한 관목 같은 것들이. 그것들은 퐁다시옹 카르티에나 케 브랑리 뮤지엄의 조경 같은 것을, 그 조경이 건물들과 어우러지던 스카이라인 같은 뭐라고 말하기 어려운 것들을 불러온다. 그래서 그것들이 좋다. 계속 보고 있고 싶다. 무언가를 좋아하면 이상화하기 마련이라지만, 샤를 드골이 내게 주는 심상은 기이한 데가 있다. 이곳이 명상적인 공간으로까지 여겨지는 것이다. 좀 덜 조용한 세속의 기도실이랄까?

어떤 기도를 하기 위한 기도실이 아니다. 그냥 거기 머물러 있기 위한 기도실. 기도를 하지 않아도 되는 기도실. 학교에서 모두가 공부를 하고 도서관에서 모두가 책을 읽는 것이 아니듯이. 안도 다다오가 만든 '물의 교회' 같은 것처럼. 홋카이도에 갔을 때 그걸 본 적이 있었다. 그건 엄숙

하지 않았지만 고요했고, 정숙했지만 경건하지 않았다. 어떤 생의 활기 같은 게 흐르고 있었다. 물의 교회는 내가 묵었던 리조트 안에 있었는데 나는 거기서 '밤의 결혼식'을 올리는 사람들을 보았고, 그들을 더 보기 위해 교회에 좀 앉아 있었다. '좀더 있고 싶다'라는 생각을 하면서. 샤를 드골에서도 그랬다. '좀더 있고 싶다'라는 생각이 들었다.

조지 클루니였나? 공항에서 머물 수밖에 없는 남자의 역할을 그가 했다. 유들유들해 보이는 그의 얼굴에서 점점 기름기가 사라지는 걸 흥미롭게 보았었다. 미국 어딘가의 공항이었던 것 같은데, 그 영화를 보면서 내가 저런 상황에 처할 수밖에 없다면, 샤를 드골에서라면 좀 낫지 않을까라는 생각을 했던 것이다.

억지스럽다고 비난해도 어쩔 수 없다. 나는 그런 사람. 그리고 이상화라는 것은 그런 것. 세상에서 제일 사람이 많고 복잡하고 혼탁한 곳 중 하나인 공항에서 묵상을 할 수도 있다는 것을 나는 샤를 드골에서 알았다. 거긴 이상적인 독서의 공간 같기도 해서 아, 정말이지 베를린으로 곧장 가지 않고 거기 그 의자에 앉아 책을 읽고 싶었다. 오로지 소설을. 돈 드릴로의 『화이트 노이즈』나 마이클 온다체의 『잉글리시 페이션트』나 폴 앙드뢰의 『내 마음의 집』 같은 소설을.

두 사람은 아는 분이 많으실 테니, 폴 앙드뢰에 대해서 잠시 소개하기로 한다. 그가 바로 내가 '세속의 기도실'이라 부르는 샤를 드골을 설계한 분이다. 책임 건축가. 이분께서는 소설가이기도 하신데 이분의 작품이 『내 마음의 집』이라는 제목으로 한국에도 번역되어 나왔다(그리고 내 집 어딘가에 처박혀 있을 것이다). 아직 읽은 적은 없지만 '이런 건물을 설계한 사람이 쓴 소설이 나쁠 리 없다'라고 확신하고 있다('하지만 왜 아직도 안 읽은 거냐?'라고 묻는다면 할말이 없습니다). 이분은 공항 전문 건축가인지 자카르타, 테헤란, 짐바브웨 하라레, 상하이 푸동 공항 등등 세계 곳곳 50개의 공항 증축을 맡았다고 한다. 오사카의 해양박물관도 이분이 지었다는 걸 어디선가 보았는데 이 글을 쓰는 지금 찾아보니 2013년에 폐관했다고 한다. 그러니까 이제는 갈 수 없는 곳이라는 말.

•

파리로 가는 에어프랑스 기내에서 두 번의 식사를 했다. 메뉴판을 승객들에게 나눠주고 선택을 할 수 있게 한 점, 그 메뉴의 조리법이라든가 디테일을 적어놓은 점이 좋았다. 무료한 비행기 안에서 잠시나마 그 음식을 상상하며 뇌를 운동시킬 수 있는 것이다.

내가 선택한 첫 끼는 '프렌치'. 양념 야채, 비프 스트로가노프와 으깬 감자, 청대콩, 당근, 치즈, 블루베리 아몬드 케이크와 치즈가 나왔다(어쩐 일인지 메모를 해놨기에 옮겨 적을 수 있다). '스트로가노프라, 뭐지?' 했지만 그냥 뭐, 국물을 장조림의 그것처럼 진득하게 졸인 스튜 비슷한 거였다. 제대로 된 스트로가노프는 좀 다를 수도 있겠지만 그날의 스트로가노프는 그랬다.

두번째는 뭘 선택했는지 기억나지 않는다(이때부터는 메모를 하지 않았기 때문에). 아시아식 샐러드라고 이름 붙은 게 나왔었는데, 옥수수와 오이와 토마토, 샐러리 같은 게 들어 있었다. 파슬리인지 고수인지도 들어가 있던 것 같기도 하고.

밥을 먹을 때를 제외하고 나는 거의 자고 있었다. 너무나 졸렸기 때문에. 내가 밥에 대한 집착이 좀 덜한 사람이었다면 밥을 먹지 않고 잘 만큼 졸렸다. 그래서 시차 적응에 대한 걱정은 할 여력도 없이 내내 잤다. 오기 전날을 엉망으로 보냈기 때문이었다.

원고를 하나 써서 보냈고, 그리고…… 나의 휴대전화를 '해결'하기 위해 새벽 시간을 보냈다. 베를린에서 3개월 동안 쓸 휴대전화를 해결하기 위해. 베를린에서 고립되지 않으려면 휴대전화가 있어야 했고, 거기에 유심 칩을 끼워 쓰기로 했던 것인데, 유심 칩을 끼울 준비가 그날 밤까지도 되지 않았던 거다.

'왜 그걸 미리 하지 않은 거지?'라고 묻는다면 할말이 없다. '하기 싫었다'라고 말할 수밖에 없다. 그리고 '하기 싫다'라는 무책임한 언사 안을 들여다보면 내 고질적인 문제가 자리잡고 있다. 전자 기기에 대한 극심한 거부증은 거의 '블랙아웃' 수준이고, 하기 싫은 건 끝까지 미룬다. 그러면서 내내 스트레스를 받는다.

이번에도 그랬다. 미루고 미뤄오다(거의 두 달쯤?) 가기 전날에야 문제의 휴대전화 단말기에 손을 댔다. 제 분을 이기지 못해 열이 오르락내리락했다. 그런 자신을 가엽게도 지겹게도 여기며 네 시간인가를 낑낑 거렸고, 두 시간쯤 잠을 잤다. 그리고 비행기를 탄 것이다. 그러니 자는 것 말고는 아무것도 할 수 없었던 것이다.

샤를 드골의 벤치에 앉아서 책을 읽었더라면, 아마 나는 10분을 못 버티고 고개를 휘저으며 졸았을 게 틀림없다.

모스크바, 파리, 베를린

•
디　디
재　지
스　털
터
•

　계속 잤다. 베를린에 도착한 것은 금요일이었는데, 그날부터 월요일까지 또 계속 잤다. 문제의 유심 칩을 사기 위해 잠시 시내에 다녀온 것 말고는. 베를린에 도착한 다음날이었을 거다. 코디네이터 L과 함께 집 앞에서 249번 버스를 타고 초역으로 갔다.

　초역까지(이때까지만 해도 나는 왜 '초역'이라고 부르는지 몰랐다.) 15분쯤 걸린 것 같다. 그리고 L을 따라 길을 건너고 잠시 걷고 그러다 묘한 건물에 도착했다.

　들어가자마자 그곳의 정체를 파악할 수 있었다. 거기는 한국으로 따지자면 용산 전자 상가나 테크노마트 같은 곳이었다. 다종다기한 전자 기계가 용도와 크기와 성능과 가격별로 도열, 적층, 진열되어 있었다. 유심 칩들은 벽면에 빼곡히 걸려 있었고…… 단박에 피곤해져버렸다. 그리고 약간의 현기증.

　언제부터 그랬는지는 모르겠는데, 나한테는 약간의(?) 정신적인 문제가 있다. 관심이 없거나 잘 모르는 것을 마주하면 모든 감각이 정지해버리는 느낌이 든다. 일단 귀가 안 들리고(아니면 한 귀로 들어와 다른 귀로 빠져나가버리거나……) 눈의 초점은 흐려지고 그렇기 때문에 무기력한 상태가 되고 급기야는 멍해지기에 이른다.

'잘할 수 없으니 하고 싶지 않아'라는 게 내 오랜 무의식인 것 같고, 그것의 수하인 뇌가 '원하지 않는데 애쓸 것 없잖아'라며 바람잡이를 하는 것 같은데, 그건 내 의지가 아니라 그야말로 뇌의 작동이자 몸의 반응이기 때문에 제어하기가 힘들다. 문제는 피곤의 원인을 제거했다고 해서 (그러니까 제거가 안 된 것이겠지만) 피곤하지 않은 것이 아니어서, 이런 상태에 이르면 무엇보다 (눕고 싶을 만큼) 피곤하고, 결과적으로도 인풋은 있지만 아웃풋은 없는 상태가 된다.

그러니 판단 장애가 오는 것은 당연하다. 백치가 무슨 판단을 할 수 있단 말인가.

어쨌거나 그렇게 또 한번 백치 상태가 되어서 유심 칩이라는 걸 난생처음 샀다. 그 과정에서(물론 비교하고 판단하는 것은 L이 했다) 놀랐던 것은, 유심 칩 포장지의 알파벳들이 영어가 아니라는 것이었다. 순전히 독일어. '그래도 대충 영어가 통하겠지'라고 생각했던 예측은 완전히 빗나갔다.

그 이후로도 그랬다. 베를린에는 의외로 수입품이 별로 없었고(백화점이 아니라면), 공산품에 붙어 있는 라벨의 글자는 95퍼센트가 독일어였다. 한국의 공산품에는 영어가 표기된 경우가 그렇지 않은 경우보다 훨씬 많았는데, 나는 그런 상태를 당연히 여겼던 것이다. 그것은 너무나 한국적인 습속이었고, 나는 그것에 젖어 있었던 것이다.

베를린에서 그런 나 자신을 자각할 수밖에 없는 순간들이 있었고, 그럴 때면 씁쓸한 기분이 들었다. '나=검은 머리 한국인'. 원 오브 뎀.

그곳, 그러니까 유심 칩을 산 곳은 정말이지 용산 전자 상가와 비슷했다. 뭔가 전성기가 지나가버린 느낌. 사람은 많았지만 활기는 없었고, 뭐랄까 맥빠지게 하는 느낌이 있었다.

네온색 물시계라든가 상당히 기이한 느낌을 주는 연못이라든가 하는 장식들은 허술하고 디테일이 떨어졌다. 웃기기도 하면서 슬프기도 했다. 나중에 알고 보니 그 고색창연한 건물은 유로파 센터(이 이름을 듣고 또 웃지 않을 수가 없었는데)라는 곳으로, '유럽 센터'라는 이름에 걸맞게 한때 글로벌 스탠더드를 지향하며 지은 핫하고 세련된 건물이었다고 한다.

이 유로파 센터 얘기를 듣다 세운상가가 생각났다. 세상의 운을 다 끌어모은다는 뜻으로 '세운'이라 이름 붙인 우리나라 최초의 주상복합 건물, 김수근의 야심작이. 세운상가도 한때 신식이고, 화려하고, 첨단인 건물이었다.

어쨌거나 유심 칩을 사러 갈 수 있었던 것은 내 휴대전화의 문제를 해결했기 때문에 가능한 일이었다. 그러므로 다시, 출국하기 전날 밤으로 돌아가야 한다. 그 괴로운 순간으로. 그날을 생각하면 아직도 힘이 들고, 이 모든 것이 나의 무능 때문인 것 같고, 그래서 내가 싫고, 다른 사람들은 '어떻게 아무 문제 없이 이런 일들을 해나가는 거지?'라는 생각이 든다.

'컨트리락'을 해제하기 위해 많은 시간과 체력을 썼다. 이에 대해 말하려면, 나의 지나온 몇 년간에 대해 이야기해야 할 것인데……

일단 나의 디지털 디재스터에 대해 말해야 한다.

•

디재스터. 재난이라고 하지 않고 디재스터라고 하는 것은, 재난이라는 말로는 나의 힘듦과 고뇌, 자괴감 같은 복잡다단한 감정들이 잘 전달되지 않을 거라는 우려 때문이다. 그러니까 이건 '재앙'과 '재난'과 뭐 그 사이의 어디쯤에 걸쳐져 있는 이야기인 것이다.

"왓 어 디재스터!" 할 때의 그 디재스터다. 그러니까 그지 같은 일.

나는 2012년 1월부터 2G폰을 써왔다. 스마트폰을 2년쯤 쓰다가 도저히 안 되겠다는 생각이 들었던 것. 남들이 말하는 스마트폰의 장점이 (의지박약하고 우유부단한) 내게는 단점이었다. 언제 어디서든 인터넷 속의 어딘가와 연결될 수 있다는 것이. 나는 이 '연결'되려는 욕망을 떨칠 수 없었던 거다. 그래서 인터넷 연결이 부자유스러운 2G폰을 쓰기로 했다.

그 결심을 하기 전까지는 아이폰 3GS를 2년쯤 썼다. 그 2년간 나는 아무것도 제대로 할 수가 없었다. 완전히 홀려 있었기 때문에. 무엇보다 어플리케이션의 세계를 탐사하는 데 빠져 있었다. 당시 내가 일어나서 제

일 먼저 하는 일은 새로 나온 어플을 검색하고, 구매하고, 구동하는 것이었다.

일종의 '쇼핑 중독'. 전 세계 기술자들이 쏟아내는 '뉴 아이템'을 '득템'하는 쾌락은 대단했다. 지금 와서 생각해보면, 이것들이 꼭 필요하지 않은 것들이기 때문에 그랬던 것 같다. '보기 전까지는 욕망도 없다. 그런데 보는 순간 욕망이 생기고, 욕망이 생기면 필요가 생긴다.' 이 점이 특히 흥미로웠다. 한 나약하고 의지 없는 인간의 욕망이 자극되고 그 욕망이 필요를 발견하는 순간을, 나는 관찰하고 있었다.

그리고 그렇게 구매한 어플들은 내 일상을 '매니지먼트' 하기 시작했는데…… 이런 식이었다. 날씨 어플과 옷차림을 추천해주는 어플을 확인한 후 샤워를 했고, 온 세계의 서점 어플로 신간들을 일별했고, 한 영국 여자 요리사의 어플로 레시피를 숙지했고, 명상 어플로 마음을 다스렸고, 바이오리듬 어플로 몸 상태에 주의를 기울였고, 팟캐스트를 들으며 청소를 했고, 수면의 질을 측정해주는 어플을 머리맡에 두고 잠을 청했다. '오늘의 체위' 같은 걸 추천해주는 카마수트라 유의 섹스 어플도 받았다. 새로운 앎이 주는 기쁨과 쾌락이 내 공허한 마음을 채웠다.

이건 나의 새로운 취미 생활이었다. 취미 정도였으면 즐거웠겠으나 어느 순간 잡아먹혀버렸다. 운전중에도, 운동중에도 틈틈이 들여다봤고, 그러느라 배터리가 다 닳아 막상 전화를 전화기로 쓰려고 하면 전화가 꺼졌다. 그럴 때마다 드는 자괴감. 아, 아, 이 나약한 인간.

사랑도 이런 사랑이 없었다. 일상이 무너지고 있었고…… 나는 내가 그렇게 강력하게 중독될 여지가 있는 사람이라는 걸 그때 처음 알았다.

디지털 디재스터

위기감. 당시 나는 소설가가 되어야겠다고 생각하고 있었고, 그래서 단편소설을 쓰고 있었는데, 3GS가 나의 작업을 방해하고 있다는 걸 인정할 수밖에 없는 순간에 이르렀다. 대책이 필요했다. 그래도 미적거리고 있었다. 나는 꾸물거리는 유형의 사람이기 때문에.

그러다가 그 일이 일어났다. 2011년 연말. 크리스마스 즈음이었는데 교통사고를 당했다. 어떤 차가 갑자기 내가 진행하던 차선으로 들어와 내 차가 붕 뜨더니, 이윽고 오른쪽으로 튕겨져나갔다.

튕겨져나간 곳은 주유소. 급유 탱크 앞에서 멈췄다. 이 일은 너무나 순식간에 진행되었으므로 내가 제어할 수 있는 것은 없었다. 나는 그저 멍했다. 그런데 밖으로 나올 수 없는 것이다. 사고의 여파로 운전석과 조수석의 문이 열리지 않았다. 뒤로 기어가 뒷자리에 있는 문을 열고 나왔다.

나와 내 차를 가해한 남자는 자기의 잘못을 인지하지 못하는지 아니면 목소리 큰 사람이 이기는 거라고 생각했는지 나한테 큰소리를 냈다. 내게는 그 남자와 어떤 말도 나눌 기운이 있질 않았고, 그래서 그에게 작게 말했다. "보험사 통해서 말씀하시는 걸로 하죠." 이런 식으로 말하고는 보험사에 전화를 걸려고 하는데 휴대전화가 꺼져 있는 거다.

이렇게 쓰고 있자니 꽤나 오랜 시간이 지난 것 같지만, 이 모든 건 3분이 채 안 되는 사이에 일어난 일이다.

그래서 결국 어찌했느냐면…… 이 남자가 보다못해 내미는 휴대전화로 보험사에 전화를 했다.

그러니 난 좀 '강제 격리'를 할 필요가 있었다. 일종의 셀프 치료를.

2012년의 (입원실의) 나는 그렇게 '반-기술' 쪽으로 역행하기로 했다.

그런데 2012년에는 2G폰을 구하는 게 쉽지 않았다. 결국은 나와 같은 병실에 입원해 있던 금은방을 하는 아주머니의 도움으로 이 단말기를 취급하는 대리점을 소개받았다. 디자인도 깔끔하고 작고(폭이 담뱃갑보다 좁다), 가격은 스마트폰의 3분의 1이 못 되는(아이폰 기준으로 그렇습니다) 것으로 기억한다. 단말기의 성능에 문제가 생길 몇 년 후를 위해 단말기 하나를 더 구입하려고 했지만, 대리점에서는 그렇게는 안 된다고 했다. 개통하지 않으면 단말기를 팔 수 없다고. 나는 여전히 그때 산 휴대전화를 쓰고 있다. 고장은커녕 앞으로도 5년은 거뜬히 쓸 수 있을 것 같다.

그 이후, 2G폰과 함께 잘살아왔다. 그런데 변수가 생겼다. 베를린에 3개월 가게 되면서 내 휴대전화를 고수할 수 없는 상황이 벌어진 것이다. 내 휴대전화는 해외 로밍이 되지 않는 기종이었고, 석 달 넘게 로밍폰을 임대해주는 서비스는 없다고 했다(로밍이 되었다고 하더라도 막대한 요금 때문에 걱정이겠지만).

'외국에 몇 달 동안 머물지 않는다면 내게 스마트폰은 필요하지 않다. ─하지만, 외국에 가야 하기 때문에 스마트폰이 있어야 한다'라는 생각에 이르렀다. 여기까지 생각하는 데도 오래 걸렸다. 앞에서도 말했듯이, 나는 어떤 종류의 일에 대해서라면 회로가 돌아가지 않는 사람이다.

이 생각은 내게 꽤 스트레스를 줬다. 이런 고민을 하게 만들었기 때문에. 그럼 스마트폰을 사야 하는 건가? 베를린에서만 쓰고 안 쓸 건데? 꼭 사야 하나? 대여할 수는 없나? 그런데 유심 칩은 어떻게 사지? 한국에서

사가야 하나? 베를린의 어디에 가서 사지? 그런데 아무거나 사면 안 되지 않나? 그냥 2G폰을 가져갈까? 아, 유심 칩을 끼울 수가 없다고 했지…… 아니면 그냥 베를린에 가서 2G폰을 살까? 그런데 2G폰을 쉽게 구할 수 있을까? 전화기 없이 살아보는 건 어떨까? 그건 너무한가? 아, 혹시 3GS로도 되지 않을까? 스마트폰이기는 하니까…… 2009년에 나온 모델인데도 가능할까?

·

이런 생각을 끝도 없이 하다가, 서랍을 열어 3GS를 꺼냈다. 3GS 옆에는 단말기의 모델명은 이제 기억나지 않지만 나와 짧게는 1년, 길게는 3년 정도를 보낸 휴대전화들이 있었다. 내가 성심으로 대했던 물건들이다.

나는 그것들을 각각의 충전기, 배터리와 함께 슬라이드형 지퍼백에 넣어 보관하고 있다. 기계를 좋아하는 사람도 아니면서. 이제는 잡동사니일 뿐인 그런 걸 보관하고 있는 것은 하잘것없는 '기억' 때문일 것이다.

그 기계를 쓰던 시절 친밀했던 사람들과 주고받은 문자와 사진, 당시에 끄적거렸던 메모 같은 것들 때문에. 그 전화기를 귀에 대고 몇 시간씩 이야기하던, 소리를 지르기도 하고, 웃기도 하고, 울기도 하던 그 누군가와의 시간 때문에. 달궈진 전화기가 뜨거워져 더이상 전화를 할 수 없을 때까지 전화를 하던 그런 기억들……

누구에게나 있을 그런 기억들 말이다. 하지만 전원을 켜본 적이 없다.

한 번도. 아마 앞으로도 켤 일이 있을 것 같지 않은데, 나는 과연 저것들을 버릴 수 있을까? 그런 결단을 내릴 수 있을까?

충전을 한참 했더니 전원이 들어왔다. 한입 베인 사과가 휴대전화 화면 위로 떠올랐다. '스티브 잡스는 왜 한입 베인 사과를 자기네 브랜드의 아이콘으로 결정했을까?' 라는 궁금증이 들었다. 애플을 애플이라고 지은 이유에 대해서는 여러 설이 있고, 그 해석의 여지가 재미있는데, 왜 '한입 베인 사과' 가 하고 많은 사과 중에서 애플의 아이콘이 되었는지에 대해서는 그럴듯한 말을 들어본 적이 없는 것 같았다.

어쩌면 스티브 잡스가 죽자마자 나온 전기에서 읽었을지도 모르지만 기억나지 않는다. 월터 아이작슨이 쓴 그 책을 아주 흥미롭게 읽었지만―중간중간 작가의 팩트력과 통찰력에 감탄도 하면서―남은 느낌은, 이거다. '스티브 잡스는 아주 이기적이고 못된 사람이지만 도저히 미워할 수가 없다.' (그리고, 『깡패단의 방문』을 쓴 제니퍼 이건과 한때 만났던 사이라는 것 정도가 기억에 남는다.)

전원이 들어오고 나니 한숨이 나왔다. 내게는 또 새로운 난관이 있었기 때문에. 문제의 '컨트리락'이라는 것이었다.

'국내에서 컨트리락을 해제하지 않고 가면 쓸 수 없다' 는 말을 들었던 거다. 그러면 어떻게 해야 하는가?

인터넷의 '지식인'들은 이 방법을 권했다. '1. 통신사나 아이폰 고객센터에 전화해서 컨트리락 해제를 요청한다. 2. 아이튠즈 사이트에 접속해서 동기화를 한다.' 1번은 했는데, 2번이 문제였다. '내 컴퓨터는 맥북이 아니어서 동기화를 할 수 없는데 어쩌지?' 그래서 결국 하기 싫어서 방치하다가 가기 전날 2번을 한 거다. Q의 맥북을 빌려서.

그리고…… 나는 베를린에서 7년 전에 출시된 스마트폰으로 무사히 전화와 메일과 약간의 인터넷을 했다. 그런데 역시나 우려대로, 카카오톡이라든가 우버라든가 구글맵이라든가 하는 내가 필요로 했던 어플이 깔리지 않았다. 그러니 나는 스마트폰으로 우버를 부를 수 없었고 구글맵 대신 미리 해놓은 메모와 포켓용 지도를 펴서 목적지를 찾곤 했다.

지도를 찾는 건 기분 좋은 일이다. 방향 감각이 없는 데다가 독일어를 모르니 찾는 속도가 느려서 그렇지.

그건 그거고 화가 나는 건 화가 나는 거였다. 이게 말이 되나? 7년 전에 나온 스마트폰이 '스마트'하게 기능하지 않는 게? 마음이 좋지 않았다. 나는 물건을 사면 적어도 10년은 더 써야 한다고 생각하는 사람이다. 그렇기 때문에 비용을 더 들이더라도 꼭 마음에 드는 것을 사려고 한다. 그런데 기계라는 물건은(특히나 스마트폰이라는 물건!) 그런 나의 소신이랄지 신념 같은 게 통하지 않는 세계인 것이다. 시류에 따르기 위해서는 약정이 끝나는(그리고 얼추 기계의 수명도 끝나버리는) 2년에 한 번마다 100여만 원 되는 돈을 주고 휴대전화를 구입해야 하는 것이다. '업그레이드'라는 명목으로.

이게 정말 업그레이드인가? 대체 뭐가? 나는 이 '업그레이드'라는 말에 대해 예전부터 반감을 가져왔다. 나는 이거야말로 자본주의의 폭력이자 강탈이라고 생각했다. 그래서 순순히 지갑을 열고 싶은 마음이 사라진 것도 있다. 뭔가 나만의 방식으로 저항이랄까 그런 걸 하고 싶었다. 너무 소심한가? 세상에는 이런 미약한 저항도 있는 것이다.

'별것도 아닌 걸 가지고 뭐'라거나 '왜 저렇게 답답하게 살지?'라거나 '참⋯⋯ 장황하다'라며 비웃음당할지도 모른다고 생각하며 이 이야기를 쓰는 이유는 '휴대전화가 뭔데 대체 나를 이렇게 힘들게 하나?'라는 억울함 때문이다. 물론 편한 게 훨씬 많고, 문명은 좋은 것이지만, 이 '편함'과 '문명'이 발목을 잡을 때가 많다.

어쨌거나 나는 스마트폰을 없애고 나서 단편소설을 6편인가 새로 썼고, 그중 2편으로 입원한 해 여름 당선 소식을 들었다. 소설가가 된 것이다. '소설가'라는 게. 결과적으로. 되고 싶은 것이었지만 막상 되고 나니 되었다고 말하기도 어렵다는 걸 알게 되었지만. 소설가는 직업이 아니라 상태라는 생각을 많이 하는 요즘이다. 소설을 쓰면 소설가고, 그렇지 않다면 아닌 거라고.

그때, 입원 시절에 산 단말기를 아직까지 쓰고 있다. 5년 3개월째다. 휴대전화에 기록이 되어 있어서 알 수 있다. 내 휴대전화의 기능에는 '휴대폰 생일'이라는 항목이 있고, 그걸 누르면 "2012년 1월 19일 핸드폰 사용 시작"이라는 글자가 나온다. 귀여운 기능이다. 이 기능도 귀엽고 한 가지 더 귀여운 것은 메모 기능인데 빈 벽에 포스트잇 같은 걸 붙이는 식으로 만들어져 있다. 포스트잇이니만큼 메모지의 색도 선택할 수 있다. 무려 12가지 색 중에서 고를 수 있다.

디지털 디재스터에 대한 이야기는 끝나지 않았다. 한국에 돌아와 두 달이 지난 지금도 나는 스마트폰―베를린에서, 그리고 7년 전에 쓰던 3GS―을 유지하고 있다. 전화는 입원 시절에 산 2G폰으로 하지만, 이 구형 스마트폰에 내 베를린 시절의 대부분의 기록이 있기 때문에. 메모와 사진과 문자와 그런 것들이.

그런데 일주일 전 사건이 있었다. 3GS의 프레임이 저 스스로 벌어진 것이다. '어, 왜 이러지?' 하면서 휴대전화를 꾹 눌렀는데 그럴수록 휴대전화는 더 벌어졌고, 급기야는 속을 보여주기에 이르렀다. 겁이 덜컥 났다. 이것들이 다 날아간다면 베를린에 대한 글을 어떻게 쓴단 말인가? 베를린에서의 거의 모든 것이 다 이 안에 있는데…… 나라는 사람이 백업 같은 걸 해놓았을 리도 없으니, 만약에 수리가 안 된다면 끝장이었다.

수리 센터에 가져갔다가 기막힌 소리를 들었다. 배터리가 부풀었다는 것이다. 그래서 자기 속을 들어올렸다는 것. "아니, 풍선처럼요?" "이걸 한번 보세요." 수리하는 남자는 이 '벌룬 배터리'를 내게 보여줬다. 정말 부풀어 있었다. 배터리가 부풀 수 있다니. 다행히 그곳에는 내게 필요한 부품이 있었다.

지금 내 옆에는 두 대의 휴대전화가 있다.

베를린 동물원과 스툴볼

베를린에는 동물원이 있다. 이 볼드체의 문장이 어떻게 느껴지는지 이 글을 읽는 분들께 묻고 싶다. 이 문장은 사실 관계에 기초한 아주 평이한 문장이다. 복잡하지도 않고 어떤 색다른 표현도 쓰지 않았다. 그런데 이 문장이 묘하게 느껴지는 건(나한테만 그런지……) 서울에 동물원이 없다는 걸 내가 의식하고 쓴 문장이기 때문일 것이다.(광진구에 어린이대공원 동물원이 있다는 것을 듣기는 했지만, 아무래도 본격적인 동물원으로 느껴지지 않는다.) '서울 동물원'이라는 이름을 달고 있기는 하지만 그것이 과천에 있다는 걸 30년 넘게 알아왔으니까.

'알아왔다'는 것도 적당하지 않다. 태어나서 처음 갔던 동물원도 '과천'이었고, 그 이후 셀 수 없을 만큼 드나들었다. 4인 가족이었을 때도 갔고, 몇 년 후 남동생이 태어나 5인 가족이 되어서도 갔고, 유치원이나 학교 소풍으로도 갔고, 꽃이 핀다는 이유로 또 눈이 온다는 이유로 뻔질나게 드나들었다. 고등학교 때 데이트를 하던 남자아이와 자주 갔던 곳도 그곳이었고, 한때 나는 코끼리열차를 마을버스만큼이나 자주 탔다.

그런데 여기까지 쓰다 서울에(그것도 시내에) 동물원이 있던 시절이 있었음을 깨달았다. 한때 창경원으로 개명한 창덕궁 안에는 동물들이 있었고, 사람들은 거기에 벚꽃과 동물을 보러 갔다. 창경원 동물원을 가고 나서 그 이후로 동물원을 가지 않은 사람도 있을 것이다. 아마 그런 사람이 있다면, 이미 죽었거나 나이가 아주 많을 텐데…… 그들에게는 '서울에 동물원이 있다' 혹은 '동물원은 서울에 있다'는 문장이 전혀 이상하게 느껴지지 않을 것이다.

나는 이런 데에서 내가 어쩔 수 없이 한국이라는 나라와 내 세대로부터 영향을 받을 수밖에 없는 처지라는 걸 느낀다.

서울대공원 관장 U의 강연을 들었던 적이 있다(나는 '전문가의 말'을 들으러 가는 걸 꽤나 좋아하는 사람이다). 서울 동물원이 있는 서울대공원이 만들어진 것은 창경궁 복원 프로젝트의 일환이었다고 한다. 과천 말고 세곡동도 후보지였다고 하니, 정말 서울에 있는 '서울대공원'이 되었을 가능성도 있다.

그때 했던 메모를 이 글을 쓰다 처음으로 열어보았다.

서울대공원은 1984년 5월 1일 개원했다. 75만 명이 왔다. 어린이날인 5월 5일에는 100만 명이 왔다. 사람들은 스테레오라디오를 틀어놓고 고기를 구워 먹으며 여흥을 즐겼다. 엄청난 수목 피해가 있었고 쓰레기가 창궐했다. 서울시장의 명령으로 서울 시내 청소부를 대거 동원해 하룻밤 사이에 청소했다.

이 이야기를 들었을 때 나는 피식 웃었고, 그다음에는 마음이 이상해졌다. 얼마나 갈 데가 없었으면 사람이 그렇게 몰렸었나라는 생각, 1980년대의 한국만 해도 갈 데가 정말 없었구나라는 생각, 지금의 나보다 어렸을 내 부모가 자식 둘을 데리고 거기를 갔을 생각, 그래도 그때의 내 부모는 아직 젊었구나 하는 생각 등등.

어쨌거나 1980년대에 유년 시절을 보낸 나로서는 동물원은 과천 같은, 한 나라의 수도에서 약간 떨어진 교외에 있어야 한다고 나도 모르게 생각했었나보다. 그래서 독일의 수도인 베를린에 동물원이 있다는 게 꽤나 어색하게 느껴졌던 거다. 그것도 시내 중의 시내에.

베를린 동물원은 베를린하고도 베를린의 시내 한복판, 그러니까 중심에 있다. 쿠담이라는 옛 서베를린의 중심에. 이 쿠담 지역은 지금도 여전히 어떤 면에서 중심이다. 서베를린의 중앙역 역할을 했던 초역이 있고, 한국으로 따지면 작은 고속버스터미널 같은 버스 발착지가 있고, 쇼핑센터가 있고, 명품 거리도 있고, 카데베 백화점이 있고, 외교가가 있고, 호텔이 있는 거리에 동물원이 있는 것이다. 우리 식으로 따지면, 광화문과 서울역과 명동과 소공동과 청담동 같은 데가 결합된 동네에 동물원이 있는 거나 마찬가지다.

뿐만 아니라 베를린의 개발업자들은 이 동물원을 베를린 개발에 적극적으로 활용했다. 베를린 동물원 옆에는 '비키니 베를린'이라는 복합쇼핑몰 같은 게 있고, 또 그 비키니 베를린 옆에는 '25Hours'라는 호텔이 있다. 이 쇼핑몰과 호텔이 내세우는 그들의 특장은 바로 동물원 인근이라는 입지다. 비키니 베를린과 25Hours에서는 힘들이지 않고 동물원을 볼 수 있는 거다. 25Hours 호텔의 객실에서는 정말 동물원이 잘 내려다보인다고 하던데 나로서는 그 호텔에 투숙하지 않아서 확인할 수 없었고, 비키니 베를린에서도 충분히 동물을 볼 수 있었다.

비키니 베를린을 가로질러 다른 곳으로 가던 나는 동물들이 너무나 가까이에 있다는 게 신기하기도 하고 이상하기도 했다. 동물들과 유리 하나를 사이에 둔 채로 동물을 스케치하는 사람, 뭔가를 적는 사람들을 볼 수 있었다. 또 비키니 베를린의 옥상정원처럼 만들어놓은 곳에서도 동물을 볼 수 있었고, 동물이 잘 보일 만한 자리를 선점한 사람들이 있었다.

·

비키니 베를린의 옥상정원에는 편집 매장이 있는데, 내가 갔을 때 그곳은 50퍼센트 세일중이었다. 아니나 다를까, 그 편집 매장에서 사고 싶은 물건을 발견했는데, 이름을 알 수 없는─그러니까 처음 본─운동기구였다.

몸통은 나무로 만들고 손잡이는 스웨이드 같은 가죽으로 감싸놓은 채 4개와 공 2개로 이루어진 것이었는데, 생김새가 내게 너무나도 매혹적이었던 것이다. 이 아름다운 도구로 운동을 하기에는 부적절해 보일 정도로. 이걸 산다고 해도 과연 이 고혹적인 몸판을 공으로 타격해서 훼손할 수 있을지가 의문이었다. 이 운동기구가 세일 제외 품목이라는 것도

베를린 동물원과 스틀볼

그 의문을 강하게 만들었다.

그렇게 거길 물러나왔다. 하지만 이름을 알 수 없는 그 운동기구는 이후에도 내 머릿속에 나타나곤 했다. 베를린을 떠날 때쯤 다시 이곳에 들러 그 알 수 없는 운동기구 세트를 사야겠다고 생각했다. 하지만 그렇게 생각하고서 잊어버렸다. 이 글을 쓰는 지금에야 그 물체가 생각났다.

하지만 난 그것의 이름을 모르는 것이다. 이름을 알고 싶다는 열망으로 기억을 더듬어 이 두 단어를 추출해냈다. '탁구채'와 '크리켓'. 그건 탁구채를 확대한 크기였고, 뭔가 크리켓과 관련이 있다는 생각이 들었던 것이다(크리켓이 뭔지도 잘 모르면서 그런 생각을 했다는 게 이상한 일이지만). 놀랍게도 이 두 단어를 키워드로 넣고 검색했더니 바로 그 운동기구에 대한 정보를 얻을 수 있었다. 스툴볼stoolball이라는 운동을 할 때 쓰는 도구였다. 그러니까 스툴볼 배트쯤이라고 하면 될까?

체육학대사전에 따르면 스툴볼은 이런 운동이라고 한다. "중세기 영국에서 했던 볼 게임으로 크리켓cricket의 효시라고 한다. 방법은 한 사람의 술래가 삼각 걸상 옆에 서서 다른 선수들이 던지는 볼을 막는다. 술래가 볼을 받아쳤을 때는 득점이 된다. 만약 바깥쪽 선수가 볼을 걸상에 맞혔거나 혹은 술래가 받아친 볼을 받았을 때는 받은 사람이 술래가 된다."

안 사오길 정말 잘했다. 이건 삼각 걸상까지 마련해야 할 수 있는 거창한 놀이였던 것이다.

그리고 이날이었는지 기억이 확실하지 않은데, J와 함께 비키니 베를린에 있는 타파스 식당에 간 적이 있다. 한 접시당 가격은 비싸지 않았지만 양이 현저히 적었기 때문에 결국은 비싸질 수밖에 없는 그런 종류의

식당이었다. 꽤 맛이 있었고, 아기자기한 플레이팅을 감상하는 재미도
있었다.

무엇보다 즐거웠던 건 이 식당의 메뉴판이었는데 메뉴들이 뭔가 호기
심을 자극하는 문장으로 이루어져 있었다. '원 모어 플리즈' '언드레스
미' '웨어 이즈 아담?' '레스큐 미' 이런 식이었다. 우리는 라드베거를 마
셨고, 밖으로 나와 동물원을 내려다보았다.

기분 좋은 오후였다. 오후도 아니고 밤도 아닌 그런 시간. 막 하늘은
어두워지고 있었지만 아주 어두워지려면 한참 남은 그런 시간. 맞은편
건물은 드문드문 핑크색으로 물들어 있었고. 왜 그런가 봤더니 조명 때
문이었다. 건물의 아래편 모서리에 조명을 매달았는데, 그 조명을 아래
에서 위로 비춰 그 빛이 건물에 부딪혔고, 그 빛 덕으로 건물의 벽은 마
치 홍조 띤 볼 같은 효과를 내는 것이었다. '코끼리가 지금 울음소리를
낸다면 얼마나 극적일까?'라는 생각을 했지만, 코끼리는 조용히 풀을 뜯
고 있었다. 어느 동물이라도 울음소리가 됐든 웃음소리가 됐든 내주면
좋았겠지만 그런 일은 일어나지 않은 오후였다. 오후도 아니고 저녁도
아닌 그런 시간.

J와 나는 잠시 25Hours 호텔을 산책하기로 했다. 호텔 로비에는 해먹
과 엄청나게 커다랗고 편안하게 보이는 소파가 있었다. 동남아의 리조
트에 있을 법한 그런 느낌의 물건들이었다. 호텔은 어두웠고, 사람이 거
의 없었다. 어두워서 사람이 있는 게 잘 안 보일 수도 있겠다는 생각이
들었다. 그 공간은 레트로풍의 가구들과 섬세하게 골랐을 물건들로 채
워져 있었는데, 한남동 어딘가에 있을 법한 라운지 바처럼 보이기도 했

다. 정글을 콘셉트로 한다는 게 달랐지만.

호텔 안을 걷는데 슬슬 불안해지기 시작했다. 이 공간이 불특정 다수를 위한 '퍼블릭 스페이스'가 아니라 호텔 투숙객만을 위한 '프라이빗 존'이라는 느낌을 받았기 때문인데…… 그렇다고 이제 와서 온 방향으로 다시 되돌아나가는 것은 더 이상했다. 그래서 우리는 빠르게 이 호텔을 통과해 밖으로 나가기로 했다. 그런 걸 협의한 건 아니지만 J가 나와 같은 마음이라는 걸 알 수 있었다. 그러다가 화장실을 지나게 되었는데, 키가 큰 나무 화분들이 빼곡히 공간을 채우고 있었고, 또 창을 통해 동물원을 볼 수 있었다. 그래서 또 거기를 잠시 감상할 수밖에 없었고…… 문을 열고 계단을 올라갔다 내려오고, 다시 문을 열고, 또 문을 열고, 이런 여정을 통해 호텔 밖으로 통하는 것으로 보이는 문을 찾을 수 있었다.

이제 저 문 하나만 열면 밖으로 나갈 수 있었는데, 또 바로 나갈 수가 없었다. 그들을 본 것이다.

멋을 낸 사람들이 잔뜩 모여 있었다. 무슨 상황인지 알아야 그곳을 벗어날 수 있는 게 나란 사람의 성격이고. 알고 보니 그들은 입장 순서를 기다리고 있던 것이었고, 그들이 가고 싶어하는 그곳은 그 유명한 '몽키바'라는 곳이었다.

몽키바라면 나도 알고 있는 곳이었다. '베를린에 왔으니 몽키바에는 가봐야지' 이렇게 말하는 사람들이 있었던 것이다. "거기에 뭐가 있는데요?"라고 묻자 몽키바에 가보라고 추천한 사람들은 별다른 대답을 내놓지 못했다. 그들 역시 거기를 가보지 못했던 것이다.

나는 그런 종류의 떠들썩한 곳에 대해 가봐야겠다는 의무를 느끼고 실천하는 종류의 사람은 아니지만 사람들이 줄을 서 있는 걸 보고는 '대체 뭐가 있길래?'라는 생각을 하지 않을 수 없었다. 세상에는 유명해서 유명한 곳이 있기 마련이고, 여긴 이를테면 그런 곳 같았고, 그런 곳을 가보는 것도 나쁘지 않은 생각 같았다.

나중에 몽키바를 다녀온 사람을 만날 수 있었다. 그의 말에 따르면, 몽키바에서는 원숭이를 볼 수 있다고 한다. '에, 고작 그건가?' 싶었다. 순서를 기다려서 이곳에 힘겹게 입성한 사람들은 맥주나 칵테일에 감자튀김 같은 것을 먹으며 숲속의 원숭이를 내려다보는 것이다. '동물원을 내려다보는 스카이라운지' 같은 걸 한국에서 시도한다면 사람들은 어떤 반응을 보일지 궁금해졌다.

베를린 동물원이 베를린의 신흥 복합몰에 기꺼이 자신의 자원을 내주며 그것들을 부양하는 게 내게 이상한 느낌을 불러일으켰다. 그리고 어떤 예감이 들었다. 나는 베를린 동물원에 가지 못할 것이라는.

•

결과적으로 말해, 나는 베를린 동물원에 가지 못했다. 90여 일을 베를린에 있으면서 말이다.

가야겠다는 적극적인 의지를 가져본 적도 없다. 동물들의 그림자가 어른거리는 비키니 베를린이나 그 부근을 지나다니는 것만으로 충분하다고 생각해서였던 건 아니다. 비가 오거나, 일이 있거나, 약속이 있거나, 한국으로 보내야 할 원고가 있거나 그랬다. 베를린에서의 나는 하는 것 없이 분주했다.

종종 이런 상상을 했다. '만약에 동물원에 있는 동물이 탈출한다면?' 그리고 이 상상의 연쇄는 '만약에'의 연쇄를 부르는데······ '만약에' 코뿔소나 원숭이 같은 동물이 비텐베르크 플라츠(카데베 백화점과 호텔들이 있는)에 나타난다면 어떤 일이 벌어질 것인가. '만약에' 그것들이 8차선 도로 사이에 나타난다면? '만약에' 곰이 탈출한다면?

그랬던 것인데, 내가 했던 상상들은 실제로 일어난 일이라는 걸 알게 되었다.

동 · 탈
물 출
들 하
· 는

베를린에서는 종종 동물이 탈출한다고 한다. 멧돼지도 탈출하고, 곰도 탈출한다. "아니, 베를린 시내에요?" 그렇다고 했다.

독일의 초등학교에서는 이런 야생동물의 탈출에 대한 훈련도 받는다고 D는 말했다. 한국의 성교육처럼 1년에 한 번 받는 그런 건지 아님 정규 시간이 있는 건지는 확인하지 못했다.

"뭘 주로 배우나요?"라고 물으며 나는 상당한 기대를 했다. 내가 그런 일을 당한다고 했을 때 조금이라도 도움이 될 수 있을까 싶기도 하고. 독일에는 어떤 획기적인 방법이 있나 궁금했던 거다. "음, 주로 달리기예요"라고 D가 말했다. "달리기요?" "네, 정말 빨리 뛰어요. 곰이 나타났다고 생각하면 정말 빨리 뛸 수밖에 없어요"라고 D가 말했다.

나는 내가 독일에 태어났다면, 그래서 야생동물의 탈출에 대비한 훈련을 받았더라면, 또 얼마나 자괴감에 빠졌을지 생각했다. 한국에서도 달리기를 하는 일이 있을 때마다 충분히 자괴감을 느껴왔지만 그래도 그건 목숨과 직결되는 일은 아니었던 것이다.

독일의 초등학생이었다면 나는 "벌써 곰에게 잡아먹혔네"와 유사한 말을 얼마나 많이 들었을지 짐작이 되고도 남았다. 그리고 뭔가 부스럭대는 소리가 들리면 겁에 질려 곰이 나온 게 아닌가라고 의심하며 신경과민에 시달렸을 것이다. '곰이 나오면 난 끝이다' '죽을지도 모른다' 라고 벌벌 떨면서 말이다. 생각만으로도 식은땀이 날 것 같았다.

베를린에서 이런 훈련을 하는 것은 야생동물이 많기 때문이다. 거의 곰만한 개도 정말 많이 키우지만 키우지 않는 동물도 많은 것처럼 보인다. 내가 살던 동네만 해도 은빛 여우인지 담비인지가 수시로 출몰했다.

하긴, 그렇게 녹지와 숲이 많은 나라에서 곰이 없을 리가 없기는 하다. 자연스러운 귀결이 아닌가 싶다. 그래서 베를린의 상징이 곰인 것도 이해가 된다.

베를린영화제의 마스코트도 곰이고, '황금곰상'이니 '은곰상'이니 하는 상 이름도 너무나 친숙하지만, 베를린이라는 도시의 상징도 곰인 것이다. 호텔이나 미술관이나 쇼핑센터나 하는 등등의 이런저런 곳의 정문 앞에는 곰이 서 있다. 알록달록한 몸통을 하고 양팔을 앙증맞게 들고 있는(물구나무서는 버전의 곰 조형물도 있다). 이 곰을 '버디 베어buddy bear'라고 부른다.

베를린에서 언제부터 버디 베어가 한 장르로 확립됐는지 모르겠지만, 곰과 베를린 간의 유착 관계는 꽤나 오래된 것 같다.

그렇다면 왜?

곰이 어떻게 베를린의 상징이 되었는지에 대해서는 몇 가지 설이 있는데, 내가 아는 것들은 대략 이렇다. 일단 베를린의 어원이 '베어'에서 왔다는 설, 베를린이 늪지라는 뜻의 단어로 이루어졌는데 이게 '베어'와 발음이 비슷하다는 동음이의어설, 독일 창조 신화 같은 것에서 곰이 발바닥을 찍은 데가 베를린이라는 설, 베를린의 지형이 곰을 닮았다는 설, 예전부터 베를린 지역의 상징이 곰이었다는 설, 이 정도다. 그리고 하나가 더 있다. 예전부터 베를린에는 곰이 많았다!

베를린 사람들은 곰을 꽤나 사랑하는 것처럼 보였는데, 그중에서도 특별히 사랑받은 곰이 있었다. 베를린 동물원에 살았던 아기 곰 크누트 Knut다.

이 베를린 동물원의 공식 이름은 '초로기셔가르텐 베를린Zoologischer Garten Berlin'으로 길기도 하다. 그리고 '초역'이라는 이름은 다름아니라 '초로기셔가르텐'의 '초'를 따와서 '초역'이라 부르는 것이었다. 베를린 사람에게도 '초로기셔가르텐'이란 발음은 거추장스러운 것이다.

면적은 34만제곱미터로 티어가르텐 안에 있다. 티어가르텐은 참으로 거대한 공원인데 과거에는 선제후들의 사냥터로 이용되었던 곳이라고 한다. 이 안에 나폴레옹 동상이 있다는 말을 듣고 '아니, 왜?'라는 생각이 들었지만 그 이유를 찾아보지는 않았다. 그리고 여기서는 주말마다 벼룩시장이 열리는데, 괜찮은 물건들이 모이는 곳으로 알려져 있다(하지만 내가 직접 확인한 것은 아니어서 확신을 갖고 있지는 못하다).

나는 작정하고 티어가르텐을 방문한 적은 없지만 얼마나 넓은지 버스를 타고 도심의 문화유적 같은 데를 가려면 여기를 지나지 않을 수 없었다.

2010년의 통계에 따르면, 이 동물원은 1500종 1만 7000마리의 동물을 사육하고 있는데 종수로 따르면 세계 최대라고 한다. 뿔사슴, 짖는사슴, 봉고, 세이블앤틸로프 같은 특이한 사슴류와 대왕 판다 바오바오가 이곳의 스타들이라고 베를린 동물원을 소개하는 기사는 말하고 있다.

그리고 북극곰 크누트가 있었다. '있었다'라는 말로 충분히 짐작하겠지만, 지금은 없다는 거다.

2011년 5살의 나이로 죽기 전까지 크누트는 이곳의 슈퍼스타였다고 한다. 얼마나 스타였으면, 나는 베를린에 가기 전부터(베를린이라는 도시에 관심이 없던 때부터) 이 곰에 대해 알고 있던 것이다. 노래를 들어본 적도 없으면서 마이클 부블레라든가 샤키라 등의 이름에 대해 알고 있는 것처럼 말이다.

•

내가 베를린 동물원에 대해 들은 세 가지 이야기가 있는데, 하나가 바로 이 크누트에 대한 이야기다.

크누트 함순과 이름이 같은 크누트는 북극곰이다. 태어나자마자 어미에게 버림받은. 아마 그래서 사람들에게 동정심을 불러일으켰을 것이고, 유명해졌을 것이고, 사랑받았을 것이다.

크누트가 처음 동물원에 '데뷔'하던 날만 3만 명의 관람객과 400명의 기자가 왔다고 하는데…… 3만 명이 어느 정도인가 가늠이 안 되어 잠실 야구장의 수용 인원을 알아보니 2만 6000명이라고 한다.

이 크누트가 어찌나 인기를 끌었는지 크누트만을 위한 팟캐스트와 웹캠이 운영되었고, 크누트 인형이니 가방, 기념 접시, 쿠키, 사탕 등 각종 크누트 관련 상품이 불티나게 팔렸다고 한다.

'크누트'의 뜻이 궁금해서 찾아보니 덴마크어와 노르웨이(크누트 함순은 노르웨이 사람이다)어로는 '매듭'이라는 뜻이다. 그리고 러시아어로는 '채찍', 영어로는 '멋쟁이', 프랑스어로는 '북극곰'이라는 뜻이라고.

북극곰 크누트의 이야기는 동화책과 다큐멘터리로도 제작되었다고 하니 그 인기가 어느 정도였을지 나로서는 가늠하기 어렵다. 2016년 현재 한국에서 폭발적인 인기를 끌고 있는 캐릭터 '라이언'을 능가했을 거라는 정도?

또 궁금했던 점, 크누트라는 이름을 지은 크누트 함순의 부모는 이게 북극곰 일반을 부르는 이름이라는 걸 모르지 않을 텐데, 그렇다면 '북극곰'이라는 의미로('매듭'이라는 단단한 뜻도 포함하는 것은 물론이고) '크누트'라는 이름을 지어줬냐 하는 거다. 카프카의 아버지가 체코어로 '까마귀'라는 뜻의 '카프카'라는 이름을 아들의 이름으로 지은 것처럼?

그리고 두번째 이야기가 있다. 나로서는 이 이야기가 더 흥미로운데, 크누트가 '아동용' 버전이라면 지금 할 이야기는 '성인용' 버전이라고 할 수 있다. 물론 성인용 이야기의 장점은 (원하기만 한다면) 아동도 즐길 수 있다는 것에 있다.

이런 이야기다. 2차 세계대전 당시 베를린의 전역이 폭격당했다. 베를린 동물원도 예외는 아니어서 처참하게 당했다. 동물들의 우리와 쉼터와 울타리가 파괴당했다. 직접적인 폭격으로, 잔해에 깔려, 불에 타서,

연기에 질식해서, 또 등등의 이유로 수많은 동물이 죽었다.

동물들은 죽어가면서 얼마나 울었을까?

아주 적지만, 살아남은 동물도 있었다. 3715마리의 동물 중 91마리만 살아남았다. 사자 2마리, 하이에나 2마리, 아시아코끼리와 코뿔소 1마리가 91마리에 속해 있었다.

살아남은 동물들은 또 얼마나 울었을까? 겁에 질려서, 자식이나 부모를 잃은 슬픔에, 몸이 부서진 고통에, 구조의 신호로.

그 살아남은 91마리의 동물이 파괴된 도시로 탈출한다.

불빛이 거의 사라진 도시에, 사람도 거의 없어진 도시에 동물들이 나타난다. 91마리의 동물이.

슬픈 이야기다. 그리고 슬픈 이야기가 그렇듯이 잘 잊히지 않을 유의 이야기다.

나는 이 동물들이 그 이후로 어떻게 되었는지, 누가 발견해서 먹이를 주고 보살피고 그랬는지, 도시가 죄다 파괴되고 사람들도 죄다 파괴된 상황에서 동물들을, 그것도 엄청나게 큰 동물들을 어떻게 보살폈는지, 그리고 이 동물들 중 가장 오래 살아남은 동물은 무엇이었는지 몹시 궁금하다.

여전히 살아 있는 동물이 있을까?

91마리의 동물 중에 바다거북이 있었다면(장수로 유명한 동물이니까) 가능할지도 모를 일이다.

그리고 세번째 이야기는 이런 거다.

베를린 동물원 원장이었던 사람 중에 카를 하겐베크라는 사람이 있다.

함부르크 태생의 이 사람은 인간을 전시하기도 했다. 스칸디나비아계인 라플란드인 가족과 순록을 정원에 데려다놓고 관람료를 받기도 했고, 아프리카에서 데려온 흑인을 전시하는 '인간 동물원'을 만들기도 했다.

이게 아주 옛날이야기일 것 같지만 그렇지만도 않다. 이 카를이라는 사람은 1844년에 태어나 1913년에 죽었다. 지금으로서는 상상하기 힘든 일이 불과 백 년 전쯤에는 신기하고 재미있는 일의 하나였다는 것이 끔찍하다. 하긴, 미국의 1960년대만 해도 흑인들에게는 투표권이 없었고 대중교통을 탈 때도 백인들과 앉는 자리가 구분되어 있었다. 그리고 흑인들은 출입금지인 식당도 많았다.

이런 종류의 이야기들을 들으면 어쨌거나 문명이라는 게 진보하는구나 싶기는 한데, 동시에 힘이 빠진다. 지금도 세간의 상식이라는 게 내 상식의 기준에서는 말이 안 된다고 생각하는 게 많기 때문에. 어디 나만 그러겠냐 싶기는 하지만.

다시 백 년쯤이 지났을 때, 그러니까 2116년의 사람들은 2016년의 이야기를 들으며 어떻게 생각할까? 그들이 부디 자신의 세상이 백 년 전보다는 그래도 나아졌다고 여기기를 바라지만 모를 일이다.

이 세 가지 이야기 중에서 어느 게 가장 흥미로우신지.

•

나는 두번째 이야기다.

91마리 동물 중에 사자와 하이에나, 아시아코끼리와 코뿔소 말고 어떤 동물들이 있었을지, 그리고 그 동물들은 어떻게 되었는지, 가장 오래 살아남은 동물은 어떤 동물이었는지 궁금해서 견딜 수가 없는 것이다.

이 동물들이 나오는 소설이 있는지 검색해보았지만 찾을 수가 없었다. 이런 일이 되풀이될 때마다 이렇게 생각하게 된다.

'결국 내가 읽고 싶은 이야기는 내가 쓸 수밖에 없다.'

7번지 · 파벡 스트라세 ·

베를린에서 90여 일을 머무는 동안 가장 많이 시간을 보낸 곳은 파벡 스트라세 7번지였다.

여기에는 내 작업실이 있었고, 작업실이 있는 한국학연구소가 있었고, 베를린자유대학교의 교정 중 일부가 있었다.

이 파벡 스트라세 7번지가 있는 동네는 달렘Dahlem. 대학가라기보다는 주택가라는 느낌을 주는 곳이었다. 달렘도르프역에서 엘리베이터를 타면 바로 연구소 건너편에 내릴 수 있었다. 좀 익숙해지면서 달렘도르프역에서 계단을 통해 지상으로 올라오는 방법으로 연구소를 오게 되었는데, 이게 훨씬 좋았다.

나는 아침마다 한 손에는 커피를, 한 손에는 도시락을 든 채로 연구소까지 걸어갔다. 200미터가 될까 말까 한 거리를.

2차선 도로를 사이에 두고, 크고 깨끗하고 그러면서 화려하지는 않은 주택가가 그 길에 있었다. 낮은 담장 너머로 주인으로 보이는 남자가 뜰에 물을 주거나 차고지를 열어 세차를 하고, 그 옆으로는 커다란 개가 왔다갔다한다.

그런 집들 사이에 대학의 건물이 끼어 있는 것이다. 사실, 어느 것이 대학교 건물이고 어느 것이 아닌지 잘 식별할 수 없었다. 겉으로 보기에 그냥 주택처럼 보이는 건물도 많았기 때문이다.

옅은 노랑색의 한국학연구소 건물도 길 건너의 가정집과 외관상으로는 다를 게 없었다. 한국학연구소가 이 건물을 임대하기 전까지는 가정집으로 쓰였다는 이야기를 들었다.

이 연구소의 방 하나가 베를린에서의 내 작업실이었다. 베를린에 머무르게 된 것은 한국문화예술위원회의 국제 레지던시 프로그램 덕이었는데, 베를린을 선택하면 이 연구소의 방 하나가 작업실로 주어졌던 것이다.

그 방은 다락방이었다. 연구소는 지하 1층, 지상 2층으로 이루어진 건물이었는데 2층의 어떤 문 하나를 열면 다락방으로 올라가는 계단이 나온다. 화장실 문이나 연구실 문이나 3층으로 향하는 문이나 외관상으로는 똑같이 생겼기 때문에 나는 한동안 혼란스러웠다.

문을 제대로 찾는다면 그다음은 아무 문제도 없었다. 3층으로 올라가는 동안, 그 잠깐의 시간은 내가 하루에서 가장 좋아한다고 할 수 있는 시간이었다.

아침의 빛은 흰 벽에 뾰족한 예각 모양으로 들었고, 나는 어느 날은 그게 광선 검 같다고 또 어느 날은 제도용 자 같다고 생각했다. 그런 생각을 하며 방문 앞에 다다른다. 열쇠를 꽂아 '딱' 소리가 날 때까지 돌린다.

창문을 열면 새소리와 함께 바람이 쏟아졌던 것이고…… 뭔가가 제대로 시작되려는 아침의 기운 같은 게 느껴졌다. 하지만, 내게는 무엇보다 먼저 해야 할 일이 있었다.

창문을 여는 것 말고 내가 이 방에서 제일 처음으로 하게 되는 일은 문을 열고 나가는 것이었다. 아직 온기가 남아 있는 커피를 들고.

그러고는 지하에 있는 탕비실로 내려간다. 기분에 따라 하얀색과 검은색 커피포트 중 하나를 고른다. 둘 다 밑바닥에는 석회가 눌어붙어 있는 건 마찬가지(여기는 물이 안 좋은 베를린!). 전기포트에 역시나 석회질이 섞인 수돗물을 넣어 전원 버튼을 누른다. 물이 끓으면 커피에 붓는다.

그러면, 그제야, 내가 원하는 농도의 커피가 완성되는 것이다. 그걸 마시면서 나는 좀 기운을 내려고 했다. 베를린의 날씨, 특히 아침 날씨는 사람의 기를 누르는 면이 있었고, 한국에서는 간헐적으로 나타나던 저혈압 증상이 무척이나 기승을 부렸던 것이다.

"아마 한국에서처럼 맛있는 커피는 드시기 힘들 거예요"라고 신촌에서 1년쯤 살았던 I가 말했을 때 나는 믿지 않았다. "설마요"라고 말했더니 I는 다시 말했다. "여기 베를린은 한국만큼 커피 문화가 발달하지 않았어요"라고.

나는 고개를 갸웃거렸다. '한국에 커피 문화가 있다'는 것도, 그게 심지어 발달했다는 것도 수긍하기 힘들었으니까. 커피집(카페가 아니라 '커피집') 수가 치킨집 수만큼이나 많고 프랜차이즈 커피 가게가 많기는 하지만 말이다. 커피집의 양적 팽배와 문화는 다르다고 생각했던 거다.

그러다가 거의 일주일 만에 I가 한 말을 완벽히 이해할 수 있었다.

．

베를린에는 커피집이 '정말' 별로 없었다. 베를린에서 내가 사는 동네만 해도 그런 건 아예 없었다. 좀 시내라고 할 만한 곳까지 가야지 커피를 취급하는 데를 찾을 수 있었고, 그 커피의 맛이라는 것이…… 보리차처럼 말갛기만 한 아메리카노를 주거나, 그게 아니라면 속이 쓰릴 정도로 감당하기 힘든 검은색의 액체를 내주고는 커피라고 했다.

그러니 '한국에 커피 문화가 있다'라는 주장과 그게 발달했다는 I의 주장을 받아들이지 않을 도리가 없게 되었다.

나는 집에서 1킬로미터쯤 되는 거리에 있는 뤼데스하이머 플라츠역까지 걸어가거나 아님 186번 버스를 타고 가서 지하철을 타고 학교로 가곤 했는데, 그건 커피 때문이었다. 이 역 앞에 괜찮은 카페가 있었다.

카페 분위기나 같이 팔고 있는 케이크나 쿠키류로 보아 스페인풍과 프랑스풍이 고루 섞인 카페였다. 커피를 내려주는 여자도 뻣뻣하고 경직된 독일 스타일이 아닌 활달한 지중해풍의 사람이었다. '모르겐'이라고 여자가 아침 인사를 하면, 그녀가 따뜻한 지방에서 머금고 온 햇살이 나에게도 전해지는 것 같았다.

그러나 좀 문제가 있었다. 그곳에서 커피를 주문하기 위해서는 몇 단계의 질문과 대답을 거쳐야 했던 거다. 이런 식이었다. 이 부분만 소설의 대화처럼 구성해보기로 한다.

"커피 주세요."

내가 말한다.

"무슨 커피?"

그녀가 묻는다.

"그냥 커피."

내가 말한다. 분명히 메뉴판에는 '커피'가 있고, 그건 내가 아는 '아메리카노'일 텐데, 왜 또 묻는 거지?라고 생각하면서. 그러니 난 이 난해한 질문에 대하여 이렇게 말할 수밖에 없다.

"그냥?"

그녀는 이상하다는 표정으로 나를 본다.

"순수한 커피요."

나는 또 이렇게 말한다.

우리는 아침마다 이런 식으로 진전되지 않는 대화를 몇 번이고 나누었다. 그러고 나서 여자는 어쩔 수 없다는 듯 잠시 어깨를 들썩이고는 커피를 뽑는다. 그러고는 또 물었던 거다.

"우유를 줄까? 설탕을 줄까? 아님 둘 다 줄까?"

이상했다. 메뉴판에 '커피'가 맨 위에 있는 것으로 보아('커피' 아래에는 '카페오레'와 '카푸치노' 같은 게 적혀 있고) 이게 내가 생각하는 '아메리카노'의 개념임이 분명했는데 말이다.

아니 왜? 나는 그냥 아메리카노를 시켰을 뿐인데? 왜 설탕과 우유를 준다고 그러지?라는 생각을 하면서, 하지만 그런 생각을 입 밖으로는 내지 못하고, 진전되지 않는 대화를 두세 번쯤 하다보니 알게 되었다. 그들은 그냥 커피를 먹지 않는다는 것을.

베를린에서는 커피를 우유와 설탕과 함께 먹는다. 과장해서 말하면, 커피를 마신다기보다는 우유와 설탕을 마시기 위해 커피를 마시는 것처럼 보일 정도다. 그러니 내가 커피를 먹는 방식이 이해가 되지 않는 거다. 그래서 자꾸 물어왔던 거고.

커피의 농도와 관계없이 어쨌거나 그들은 블랙커피를 마시지 않았다. '아메리카노'라는 개념이 있는 카페도 드물게 있기는 했지만, 베를린에서 내가 원하는 유형의 커피는 대개 '커피'로(아니면 '카페'로) 불렸다. 그들은 카페오레나 카푸치노처럼 우유가 섞인 커피를 먹었고, 또 거기에 설탕까지 쏟아부어서(정말 그것은 '쏟아붓는다'라고밖에는 할 수 없을 정도의 양이다) 마셨다. 아니면 '그냥 커피'를 시킨 후 우유라도 부어 먹었다. 영국 사람들이 거의 자동반사적으로 홍차에 우유를 부어 먹는 것처럼 말이다.

정리하자면 이런 거다.

나한테 '커피'라는 것 : 에스프레소, 아메리카노, 롱블랙, 드립 커피
베를리너에게 '커피'라는 것 : 카푸치노, 카페모카, 비엔나커피 등 설탕과 우유와 크림을 넣은 것

'커피만을 먹는 자'가 '설탕과 우유와 크림을 먹기 위해 커피를 마시는 곳'에 와서 겪는 갈등이라고도 볼 수도 있는 것이다. 설탕과 우유와 크림을 넣어서 마실 커피를 만들어야 하니 내가 생각하는 '아메리카노'

와는 상대도 되지 않는 진한 물질을 추출해야 하는 것이고. 역으로, '아메리카노'라는 개념을 존중하는 커피집에서는 너무 연한 커피를 주다보니 또 마시기 힘든 것이다.

깨달음! 그들의 커피와 나의 커피는 같은 게 아니었다.

베를린 사람들에게 커피란 내가 커피라고 발음할 때 연상하는 그 음료를 지시하지 않는 것이다. 같은 '기표'를 말하지만 '기의'가 일치하지 않는 것.

생각할수록 재미있는 일 같았다. 아주 단순하고 별것도 아닌 것 같지만, 많은 생각을 하게 되는 거다. 하물며 우리가 생각하는 '커피'가 이렇게 다른데 '민족'이라든가 '사랑'이라든가 '결혼'이라든가 '가족'의 개념은 얼마나 다를 것인지에 대해 말이다.

거의 매일같이 2유로를 내고 이 진한 커피를 사서 마셨다.

커피를 들고 베를린의 지하철 3호선이라고 할 수 있는 U3(베를린에서는 지하철은 우반U-bahn이라 부른다)을 타고 세 정거장을 가면 목적지인 달렘도르프역에 도착하는 것이다.

다시 탕비실로 이야기를 되돌려서.

물을 끓이는 동안 나는 주로 손을 씻었다. 탕비실 바로 옆에 있는 화장실에서. 물을 끓이기 전에 손을 씻는 게 더 위생적일 것 같은데, 어쨌든 나는 그랬다. 그러던 중 나는 재미있는 그림을 발견했던 거다.

•

두 개로 나누어진 네모난 빨간색 테두리 안에 기호화된 두 남자의 픽토그램이 있다. 왼쪽의 남자는 서서 쉬를 하고 있고, 그의 피너츠(처럼 그려져 있다)에서 나온 오줌은 사방으로 분사되고 있다. 그 남자의 몸뚱어리에 빨간색 엑스 자. 오른쪽 남자는 앉아서 쉬를 하고 있고, 그의 피너츠에서 나온 오줌은 변기의 벽을 타고 위생적으로 흘러내려가고 있다. 그 남자 옆에는 '이게 옳아요'라는 의미의 초록색 체크 표시가 있고. 또 이 픽토그램의 하단에는 혹시나 그림을 이해하지 못했을 사람들을 위해 독일어와 영어로 쓰여 있었다. "Bitte im Sitzen pinkeln!"과 "Take a seat please!"

그러니까 "제발 앉아서 하자"라는 포스터였던 것이다. 이 화장실은 남녀 공용이고, 여기에서는 여자나 남자나 변기에 앉아서 오줌을 누는 게 상식인 거다. 1층과 2층에 있는 화장실에도 모두 이 포스터가 붙어 있었다.

나는 이 포스터를 지금 당장 한국에, 한국의 가정이나 공용화장실에 도입하자고 하면 어떤 일이 벌어질 것인지 생각해봤다. 여전히 오줌은 서서 눠야 한다는 생각을 갖고 있는 남자들이 많은 걸로 알고 있는데, 그런 생각이 당연하지 않다는 걸 그들이 알게 하려면 얼마나 많은 시간과 사회적 비용이 들어야 할지에 대해서도.

그러다 며칠 후, 이 포스터가 붙어 있는 이유에 대해서 깨달을 일이 있었다. 화장실에 들어갔더니 변기 시트가 들려 있는 것이다. 불쾌함과 찝찝함. 그대로 나와서 다른 화장실에 갔다. 변기 시트가 들려 있지 않은.

다음날, 화장실의 변기 시트가 또 들려 있었다.

그대로 나와 1층의 연구실에 있던 두 명의 독일 학생을 불렀다. 그리고 그들에게 여기로 와보라며 화장실을 보여줬다. 나는 그들이 어떤 반응을 보일지가 궁금했다.

그들은 한숨을 쉬었고, 그다음에는 어처구니없다는 식으로 웃었고, 그다음에는 내게 그간 있던 일을 얘기해줬다.

짐작대로였다. 한두 번 있는 일이 아니었던 거다.

이게 다 한국에서 온 아저씨들 때문이라고 했다. 독일 사람들은 어릴 때부터 가정과 학교에서 변기 쓰는 방법(그러니까 남자도 앉아서 오줌을 누는)을 교육받고, 저런 일을 하지 않는다고 했다. 그러고는 물었다.

"한국 남자는 왜 그래요?"

"한국 아저씨들은 왜 그래요?"

"개저씨라 그래요?"(그들은 한국의 속어에 대해서도 잘 알고 있다.)

한국학과 연구소에 머무르는 '한국 남자' 혹은 '한국 아저씨'들이란 모두 배우신 분들이다. 교수들이 연구년을 맞아서 오기도 하고, 국회의원도 있고, 박사 후 과정으로 오는 분들도 있고, 고위 공무원이 연수를 오기도 한다. 그런데 그분들 중 누구는 변기 시트를 들고 오줌을 싸고 또 '뻔뻔하게도' 변기 시트를 내리지 않고(그래서 우리가 알게 되긴 했겠지만) 나오는 것이다.

'배울 만큼 배운 사람이 왜?'라며 한국학과의 학생들도 그걸 의아하게 여기는 거다.

알고 보니, 그런 포스터를 붙인 것도 한국에서 온 남자들 때문이라고 했다. 한국에서 남자가 오지 않을 때는 이런 일이 없다고 했다.

우리는 해결 방법에 대해 이야기했다. 연구소의 사람들도 이 문제로 엄청난 스트레스를 받고 있다는 거다. 이 변기 문제를 일으키는 사람들이 한국에서 온 손님들이고, 게다가 원초적인 종류의 일이라 해결이 쉽지 않다는 거다.

포스터를 화장실 문밖에도 붙이자는 의견이 나왔다. 그러다 "포스터를 한국말로 바꿔서 붙이는 건 어떨까요?"라고 학생 A가 말했다. 우리는 같이 웃었다.

남자인 학생 B가 좋은 생각이 났다고 말했다.

"한국말로 이렇게 쓰는 건 어떨까요? '사람은 앉아서, 개만 서서!'"

우리는 또 깔깔거리고 웃었는데, 그뿐이었다.

'사람은 앉아서, 개만 서서!' 같은 위험한 문구가 적힌 한국어 버전의 포스터는 만들지 못했으며, 변기 시트는 자주 들려 있었고, 나는 다른 화장실로 갔다.

그리고 아침마다 쓴 커피를 사와서 끓는 물을 부었다.

베를린에 있는 내내 그랬다.

미스터 하이라이프

앞에서 베를린의 커피 생활에 대해서 얘기했는데, 오해가 있을까봐 부연하자면, 여기서의 '베를린'이란 일반적인 사람들의 베를린이다. 포츠다머 플라츠 같은 데 있는 국제적인 감각을 지향하는 업소 같은 데가 아니라. 할머니와 할아버지와 아줌마와 아저씨와 학생들의 베를린.

내가 베를린에서 두 달 넘게 살았던 동네는 그런 일반적인 사람들의 베를린이었던 것이다. 멋쟁이나 힙스터의 베를린이 아닌.

그 동네는 녹지가 많고, 비교적 깨끗하고, 조용하고, 약쟁이나 파티 피플 같은 사람들은 살지 않았다. 그리고 너 나 할 것 없이 조끼를 입었다.

베를린 사람들은 정말이지 조끼를 좋아한다. 한국의 중장년 일부가 등산복을 평상복으로 입는 것 이상으로, 베를린 사람들은 조끼를 일상적으로 입는다.

등산 조끼 같은 걸 말이다. 주머니가 네 개는 달려 있고 주머니에도 지퍼가 달려 있고 움직일 때마다 부스럭부스럭 소리가 나는. 공사 현장에서 입어도 될 만큼 실용성에 충실한 디자인이다.

베를린의 날씨가 워낙 오락가락한 데다 실용적인 걸 중시하는 독일인의 기질이 결합되어 발생한 현상 같긴 한데, 볼 때마다 신기하고 놀라웠다. "한국에 '등산복 패션'을 향유하는 일군의 집단이 있다면, 베를린('독일'이라고 하면 지나친 일반화일까 싶어)에는 '조끼 패션'의 향유군이 있는 것이다"라고 주장하고 싶을 만큼 그들의 조끼 애호는 유별났다.

그런 동네에서 커피를 주문하다보면 앞에서 말한 일들을 겪어야 했던 거다.

나는 커피에 대해 대단한 취향 같은 게 있는 사람이 아니고, 커피맛을 잘 분별하는 것 같지도 않다. 커피를 배우는 사람이 많고 너도나도 커피에 대해 한마디쯤 할 수 있는 시대이지만 나는 그런 사람이 아니다. '시다모'와 '예가체프'는 좀 신맛, '과테말라'는 좀 고소한 맛? 이 정도의 수준이다(그리고 커피콩을 고를 때는 포장이 마음에 드는 걸 보고 고른다).

또 커피를 그리 좋아하는 것 같지도 않다. 한국의 집에는 캡슐을 넣어 추출하는 에스프레소 머신이 있지만 종종 방치되고, 드립 커피를 마시려고 커피콩을 사오지만 그라인더로 원두를 가는 게 귀찮다거나 아님 떨어진 필터를 사오는 게 귀찮다는 이유로 커피콩 역시 몇 달 동안 방치되기도 한다.

그런 내게도 커피 취향 같은 게 있는데, 사실 취향이라 하기도 뭐하지만, 이런 거다. '1. 아메리카노만을 마신다 2. 핫으로 3. 하루 한 잔.'

좀더 설명을 하자면, 아메리카노는 에스프레소가 될 때도 있고 물 조절을 할 수 있는 롱블랙 스타일이 되기도 한다. 좀 진하게 마시는 편이기는 한 것 같다. 그리고 공복에 마시는 걸 가장 좋아한다. 사과나 에멘탈 치즈 같은 것과.

그러니까 나한테 커피는 '아침식사'의 일부인 것이다. 그리고 웬만해서는 아이스 아메리카노를 마시지 않는다. 나는 폭염에도 핫 아메리카노를 마시는 사람이다. 또, 하루에 한 잔을 마신다. 오전에 마시지 못한다면 웬만하면 마시지 않는다. 오후에 커피를 마시면 낮잠을 오래 잔 것만큼이나 밤에 잠을 못 이루는 체질이기 때문이다.

커피에 대한 이 정도의 소박한 기호가 베를린에서는 충족되지 못한 것이다. 우유와 설탕에 지극한 사랑을 갖고 있는 베를린에서는.

베를린 사람들의 커피를 먹는 방식에 대해 관찰하다 나는 이 '우유와 설탕에 대한 지극한 사랑'이라는 개념을 발견(?)하기에 이르렀던 것인데……

'그렇다면 왜?'는 여전히 미스터리다. 왜 이렇게 우유(와 함께 마시는 커피)를 사랑하는지 왜 이렇게 설탕(과 함께 마시는 커피)을 애호하는지 정말 궁금했는데, 베를린을 떠날 때까지 풀지 못했다.

또한 베를린의 커피에 잘 적응하지 못한 것처럼 독일 빵에도 잘 적응하지 못했다. 독일 빵에도 여러 종류가 있겠고, 내가 여기서 '독일 빵'이라고 하는 것은 그 일부겠지만, 내가 아는 베를린 사람들은 대개 이 빵을 먹었다. 내가 여전히 이름을 잘 모르는 그 빵을.

•

그 빵은 정사각형인데 식빵보다 약간 작고, 식빵보다 색이 훨씬 진하고(고동색), 식빵보다 훨씬 쫀쫀하다. 빵 안에는 뭐가 잔뜩 들었다. 밀가루도 잔뜩 들었(을 게 분명하)고, 견과류 같은 것들이 들어 있다. 식감은 빵이라기보다는 떡 같고, 떡 중에서도 약식의 느낌인데, 물론 약식 같은 맛은 아니다. 나는 견과류도 좋아하고 빵도 좋아하고 약식도 좋아하는 사람이지만 그 빵은 먹기가 힘들었다.

왜냐하면, 맛이 없다고 느꼈기 때문에. 좋아하는 버터와 치즈를 잔뜩 얹어서 그 빵을 먹기 위해 시도해보았지만 별 효과를 보지 못했다.

아무리 작은 포장이라도 문제의 '독일 빵'을 사면 최소한 열 조각이 넘게 들어 있는데, 이중 두 조각 정도만 먹고 방치하다 결국에는 곰팡이가 슬어 음식물 쓰레기로 내놓게 되어버리는 것이다. 죄책감을 느끼며 빵을 버리면서 '나도 이 맛을 알고 싶다'라는 생각으로 다시 그 빵을 사지만 결국은 또 버리게 되는 일을 몇 번인가 반복했다.

파니니나 포카치아나 효모 빵류를 구할 수 있었다면 독일 빵에 괜한 투지를 부리지 않았을 수도 있다. 하지만 내가 아침으로 원하는 이탈리아 빵류는 없었다. 여긴 베를린이니까. 무겁고 두꺼운 빵이 대세인 것이다.

베를린 사람들은 이 독일 빵을 아침저녁으로 먹는 걸로 보아 정말 좋아하는 것 같았다. 그 이유를 들을 일이 있었는데…… 밀가루가, 재료가, 내용물이 많이 들었다는 것이다. 이탈리아나 프랑스 빵은 재료를 아낀다는 느낌이 있는데 독일 빵은 뭐든 충실히 들어 있다는, 그래서 한 조각만 먹어도 든든하다는 거다. 조끼 패션에서도 볼 수 있는 불굴의 실용성이다.

이 이야기를 듣다가 나는 뭔가를 깨달았던 것인데, 그러니까, 그들이 독일 빵을 좋아하는 바로 그 이유 때문에 나는 독일 빵을 좋아할 수 없었던 것이다. 그 엄청난 밀도 때문에! 그건 한 번도 좋아해본 적이 없던 종류의 음식이었다.

푸아그라, 파테, 추어탕(추어를 간 것에 한해)…… 어떤 이유에서인지는 모르겠지만 나는 이런 재료 집약적이고 빡빡하거나 걸쭉한 종류의 식감을 불편해하는 것이다. 도시락을 싸가지고 다니던 어린 시절 내가 엄마한테 요구했던 것은 단 한 가지였다. "제발 눌러 담지 좀 마." 밥도 그렇고 반찬도 그렇고 눌러 담아 밀도가 빡빡해진 걸 보면 식욕이 사라지는 느낌이 들었던 거다.

베를린의 음식 역시 빵만큼이나 엄청난 실용성을 자랑하는 것들이었다. 엄청나게 큰 접시에 엄청난 양, 그리고 엄청난 밀도의 음식이 나온다. 접시에는 여백이 없다. 음식에는 공기가 없고. 색깔은 한 가지 톤이고.

사람으로 치자면 무뚝뚝하고 거대한 느낌의 음식이다. 그것을 앞에 두고 나는 먹기 전부터 기가 질리고 말았던 것이다.

'무섭다' 혹은 '두렵다'의 느낌을 받았다. 그래서 누가 먼저 제안한 것이 아니라면 독일 식당에는 가지 않았다.

그렇다면?

'공기가 통하는 음식'을 먹기 위해 나는 베를린의 베트남 식당에 가곤 했다.

•

나의 단골 식당이라고 할 수 있는 베트남 식당은 스티글리츠Stegliz역 근처에 있었다. 스티글리츠는 달렘도르프의 시내 같은 곳으로 이곳에는 시청과 패션몰과 대형 슈퍼마켓과 신발 가게와 여행사와 관광호텔과 이런저런 음식점 들이 있다. 아주 특정한 기호를 충족시키기 위한 게 아니라면 대충 이 부근에서 해결이 가능한 것이다.

그래서 스티글리츠역 근처는 베를린치고는 인구밀도가 늘 높은 편이었고, 사람이 많다보니 다양한 표본 집단의 사람들을 구경할 수 있었다. 베를린의 선도 패션인 조끼 착장군은 물론, 정장을 입은 사람들, 부르카와 히잡을 쓴 사람들, 레게 머리를 한 사람, 문신을 잔뜩 한 맨몸에 실용성이 아니라 멋을 내기 위한 게 분명한 청조끼만을 걸친 남자(하반신에는 반바지를 입었다), 맨발로 다니는 사람, 쓰레기통을 뒤져 빈 병을 찾는 사람, 예쁜 여자와 멋있는 남자 등등.

달렘도르프역에서 X83버스를 타고 10분쯤 가면 스티글리츠 시청역에 도착하는데, 내가 가는 식당은 버스 정류장 바로 앞에 있었다.

‘미스터 하이 라이프’라는 상호의 식당이다. 미스터 하이의 하이가 hi가 아니라 Hai임을 밝히고 싶다. 하이가 ‘hi’로 이해되면 ‘라이프’와 연결돼 ‘하이-라이프’라는 의미가 발생하기 때문이다. Hai임을 밝히면 이야기가 달라진다. 베트남어에 대해 아는 것이 전혀 없는 나 같은 사람도 하이씨가 주인인 곳이라는 것을 짐작할 수 있게 되는 거다.

식당 밖에는 베를린에 있는 대개의 식당이 그러하듯이 야외 테이블이 있다(베를린 사람들은 해가 나지 않아도 밖에 앉는 것을 선호한다). 식당으로 들어오면 오른쪽 벽으로 스시 바가 있고, 사람들은 스시와 베트남 음식을 함께 먹는다.

처음에는 이게 꽤 이상하게 느껴졌고, 이 집이 과연 베트남 음식을 제대로 할지 의심이 들었는데, 아주 맛있는 곳이었다.

알고 보니 스시 바와 베트남 음식을 같이 하는 식당은 베를린에서 전혀 수상한 게 아니었다. 일반적인 형태의 베트남 식당이었던 거다. 반대로 노렌을 걸어놓는 등 일본 식당으로 꾸민 곳에서도 베트남 음식을 같이 하는 걸 볼 수 있었다.

독일 식당보다도 베트남 식당이 많은 게 아닌가 싶을 정도로 베를린에는 베트남 식당이 많았는데, 그건 사회주의 국가였던 동독에 베트남 이민자가 많았기 때문이라고 한다. 독일이 통일된 이후 이 베트남 이민자들이 독일 전역으로 퍼지면서 베트남 식당이 더 확산되었다고 한다. 내게 이 식당을 소개해줬던 것도 부모가 베트남 사람인 E였다. 정확히 말하자면, E에게서 이곳을 소개받은 I에게 다시 소개받은 것이었지만.

메뉴판 표지에는 민머리 남자가 활짝 웃고 있다. 정력과 에너지가 넘쳐 보이는 동양 남자다. 나는 이 사람이 하이씨인가보다 하고 또 짐작하며, 이 남자의 이런 활력이 요식업에서의 성공을 가져다주었는지 아니면 사업의 성공이 그런 활력을 가져다주었는지 또 궁금해했다. '하이'라는 성이 한국에서의 김씨처럼 베트남에서 흔한 성姓인지 아니면 기씨나 제갈씨처럼 희성인지 알 수 없는 걸 답답해하며.

이 메뉴판이나 식당 간판의 타이포가 통일되어 있는 것으로 보아 베를린에서 꽤 성공을 거둔 곳이라는 걸 느낄 수 있다. 규모도 크고 인테리어에도 신경을 쓴 느낌이다. 규모가 크고 인테리어에 신경을 쓴 게 티가 나는 식당을 선호하는 편이 아니지만, 뭐랄까 이곳은 그런 유의 식당임에도 불구하고 신뢰할 만한 곳이라는 생각이 들었다.

미스터 하이 라이프에서 내가 처음으로 먹은 것은 쌀국수였다. 나는 향신료 모듬을 추가로 주문하고, 고추와 레몬을 더 달라고 해서 내가 원하는 쌀국수 국물을 제조했다. 그러고는 그릇을 두 손으로 받쳐들고 국물을 마셨다.

그건 내가 먹어본 두번째로 맛있는 쌀국수였다. 가장 맛있게 먹었던 쌀국수는 파리 생마르탱 운하 근처의 미로처럼 생긴 골목에 있던 집의 것이었다. 얼마나 맛있었던지 여전히 잊지 못하고 있다. 하도 좁아 모르는 사람과 등이 닿을 수밖에 없었던 그 가게, 그래서 모르는 사람과 말을 주고받을 수밖에 없게 만드는 그 분위기, 불타버린 가게를 그대로 두었던 쌀국숫집이 있던 골목, 그 동네의 분위기도.

미스터 하이의 쌀국수에 내가 감탄하자 I는 이렇게 말했다.

"이게 바로 참된 맛이에요."

'참된 맛'. 베를린에서 I와 대화를 하는 동안 내가 내내 듣게 될 표현이었다. 'MSG 같은 조미료나 인스턴트 재료를 지양하고 정성껏 맛을 낸 것'을 I는 '참된 맛'이라고 불렀다. 그러면서 내가 한 번인가 갔던 달렘도르프역 앞의 베트남 음식을 파는 임비스 같은 데는 가지 않는 게 좋겠다고 다시 말했다. 거기는 '참된 맛'과 거리가 멀다는 거다.

베를린에는 대부분의 역 앞에 간이음식점 같은 게 있는데 그걸 '임비스'라고 부른다. 한국의 전철역에 있는 델리만주 상점과 떡볶이 포장마차를 결합한 듯한 분위기다. 어느 날, 거기서 J와 함께 점심을 먹었다고 하자 I는 눈을 동그랗게 뜨고 이렇게 말했던 거다. "은형씨, 정말 그런 데서 식사를 하셨어요?" 그녀의 반응으로 보아 내가 뭔가 잘못된 행동을 한 것 같았는데, 그게 왜 잘못된 건지를 알 수 없었고, 그래서 답답했다.

그래서 I가 그런 반응을 보인 이유가 뭐였을지에 대해 몇 가지 가능성을 유추해보았다. 단지 믿을 수 없는 음식이라는 걸 문제삼는 게 아니라는 생각이 들었기 때문이다. 길거리에서 음식을 먹는 거나 마찬가지인 곳에서 식사를 했던 게 문제였던 건가? 아니면, 일종의 신분의식이 작용한 건가? 싶기도 했다. 그러니까 그런 식당은 일용직 노동자 혹은 극빈자들의 전용이라고 생각하는 건가? 나는 여전히 임비스에 대한 I의 거부 반응에 대한 해답을 찾지 못했다.

그후로 그 임비스에 간 적이 없다. 미스터 하이에서 더 맛있는 베트남 음식을 먹을 수 있기 때문이었다. 또 미스터 하이에서는 혼자 먹는 게 전혀 불편하지 않기 때문이기도 했다. 달렘도르프역 임비스는 혼자 먹기는 좀 난처한 분위기였다.

다시 미스터 하이의 이야기로 돌아와서.

미스터 하이에서 서빙을 하는 남녀는 거의 동양인이었는데 외모가 멋진 사람을 위주로 뽑았다는 느낌을 주었다.

그리고 손님들은 독일인 혹은 서양인이 압도적으로 많았다. 베트남 사람이나 나 같은 동양인은 거의 볼 수 없었다. 저녁에 가면 칵테일을 마시며 데이트를 하는 사람들도 있고 가족 모임을 하는 사람들도 많았다.

내가 주로 먹은 것은 쇠고기 쌀국수 아니면 야채 커리였다. 330밀리리터짜리 맥주나 비터레몬 같은 음료를 시켜서. 향신료와 이런저런 풀들과 레몬과 고추를 잔뜩 넣은 미스터 하이의 쌀국수는 내 향수병을 달래주는 데 큰 도움을 주었다.

3개월 머물면서 나는 향수병을 앓았던 거다. 앞에서 말한 커피와 빵의 문제 때문이었는지 아니면 여름임에도 패딩을 살 수밖에 없게 만들었던 베를린의 날씨 때문이었는지는 모르겠지만 하여튼 그랬다. 침대를 벗어나기 힘들었고, 자꾸 국물이 먹고 싶었다. 마른 미역을 사서 미역만 든 미역국을 끓이거나 너구리에 미역을 잔뜩 넣어 미역라면을 만들어 먹었다. 한인 슈퍼에서 산 종갓집 총각김치를 씹으며.

그러다 미스터 하이에 가서 I의 말대로 '참된 맛'이 느껴지는 쌀국수나 코코넛 밀크와 신선한 야채들이 잔뜩 들은 야채 커리와 재스민 라이스를 먹으면 우울이 사라지는 느낌이 들었다.

미스터 하이 라이프와 콘셉트와 이름이 다른 자매 식당이 두 군데 더 있다는 것을 알게 되었다. 미스터 하이에 관심을 가진 나머지 홈페이지에도 들어갔던 거다.

한국으로 돌아와 이 글을 쓰는 지금, 다시 그 홈페이지에 들어가보았다. 미스터 하이 라이프의 자매 식당 이름이 궁금했기 때문이다. 하나는 가부키, 하나는 프렌즈다. 그러니까 미스터 하이 가부키, 미스터 하이 프렌즈, 미스터 하이 라이프다.

홈페이지에서 미스터 하이의 풀 네임도 확인할 수 있었다. 트란 반

하이.

베트남 이민자로 추정되는 이 미스터 하이가 어떤 과정을 거쳐 사업을 이렇게 불리고 또 꾸려왔는지, 요즘도 쌀국수 국물을 내는 건 그의 몫인지, 아니면 성공한 사업가가 되어 가게를 월급사장에게 맡겨두고 놀러다니는지 궁금하다.

마르크스 동상으로부터

중국에서 독일 트리어에 보낸 (트리어 출신) 마르크스의 동상 때문에 트리어 시 관계자들이 곤란해한다는 기사를 읽었다. 어젯밤의 일이다.

시 관계자들이 곤란해하는 이유는 이런 것이었다. 통일된 현재의 독일에서 마르크스 동상이 가지는 맥락이 좀 그렇다는 것, 그리고 독일과 중국과의 관계가 그렇게 좋지만은 않다는 것, 또 마르크스의 동상이 너무나 거대하다는 것 등. 기사에 정확히 명시되어 있지는 않았지만 문장과 문장 사이의 행간에서 내가 읽은 문장은 이렇다. 중국에서 보내온 마르크스 동상이 독일의 미감에 맞지 않았다는 것.

한국에서는 좀 간과되어 있는 것 같은데, 공공 설치물이나 공공 건축 같은 게 인간에게 끼치는 영향은 엄청나다. 아름다우면 당연히 좋은 영향을 받고 그렇지 않으면 역시나 좋지 않은 영향을 받는다고 생각한다. 나는 소음공해나 미세먼지만큼이나 시각공해가 인간에게 끼치는 해악도 엄청나다고 생각하는 사람이다.

내가 이 기사를 그냥 지나치지 못한 이유는 얼마 전에 마르크스와 엥겔스의 동상에 관한 흥미로운 글을 읽었기 때문이다. 베를린에 있는.

2011년 여름, 독일 베를린에 사는 친구와 함께 마르크스와 엥겔스의 동상을 처음 봤다. 비가 내렸고 저들의 이름을 딴 광장에는 우산을 쓴 소수의 관광객들만이 있었다. 관광객들은 낯선 동물이 사는 동물원에 온 마냥 이 동상을 어떻게 감상해야 하는지 조금씩 고민하며 어수선한 풍경을 만들어 냈다. 1986년 '마르크스·엥겔스 광장'이 생겼고, 2010년 울타리 공사 때문에 동상은 100m 정도 동쪽으로 옮겨졌다. 나와 동행한 이는 한때 그를 정말 좋아했다며 마르크스 동상 주위를 배회했다. 나는 마르크스의 빛바랜 무릎 위에 올라앉는 사람들의 모습을 상상했다. 적당히 큰 사람(동상)을 보면 응석부리고 싶어지는 걸까. 마르크스의 무릎은 이미 케이에프시 할아버지의 특정 부위처럼 닳아 있었다. 곁에 꼭 붙어 서 있는 엥겔스의 왼쪽 손가락은 변색되어 마디만 노란빛이었다. 얼마나 많은 세계인들이 엥겔스의 손마디를 쓰다듬었을까.

현시원의 『사물 유람』이라는 책이다. 나는 이 저자에 대해 깊은 유대를 가지고 있다. 얼굴도 모르고 어떤 인연도 지연도 없지만 어떻게든(이게 중요하다. 특별히 찾아 읽지 않는데도 우연히 마주치게 되는 것) 종종 이분이 쓴 글을 읽게 되고, 항상 '아, 좋다'라고 생각하게 되는 거다. 이 '좋다'라는 감정에는 내가 갖고 있는 문제의식을 이분도 갖고 있고, 이런 생각을 하는 사람이 나와 그리 멀지 않은 곳에 살고 있다는 안도감이 포함

된다. 그런데 이번에는 베를린에서 돌아와 베를린에 대한 원고를 쓰는 와중에 이 글을 읽게 된 거다!

이번에도 이 글을 읽고서 '아, 베를린에 마르크스와 엥겔스 동상이 있었지'라는 생각을 뒤늦게 했다. 베를린에 있을 때 이 글을 읽었다고 하더라도 마르크스와 엥겔스 동상을 보러 가지는 않았을 것 같다. 마르크스와 엥겔스 동상을 찾는 사람들의 동상 앞에서의 행동 방식이나 그들이 그후에 어떤 동선으로 움직였는지, 어떤 음식을 먹으러 갔을지, 그들이 갖고 온 꽃이나 선물 같은 건 어떤 것이었는지 궁금해하며 말이다.

왜냐하면, 나는 그런 사람이기 때문이다. 또 마르크스와 엥겔스에게 깊은 유대감을 갖고 있지 않기 때문이다. 마르크스의 『자본론』한 권이 집 어딘가 먼지에 싸인 채로 처박혀 있는데, 나는 유감스럽게도 이 책에 그다지 깊은 인상을 받지 못했다. 해서 이 책에 대해 '정말 재밌는 책'이라든가 '감동스러운 책'이라든가 하는 감상평을 남긴 사람들을 부러워하며 나도 언젠가 다시 한번 읽고 싶다는 생각을 하는 정도다.

저 위에 인용한 현시원의 글에서 내 마음을 끈 것은 마르크스와 엥겔스 동상보다 그걸 만지고 무릎에 올라가는 사람들에 대한 부분이다. '내가 접촉해본 동상이 있었나?'라는 생각을 하게 만들었다.

있었다. 염상섭이다. 내가 만져(?)본 동상은 횡보가 유일하다. 광화문 우체국과 마주하고 있는 교보문고 출입구 쪽 벤치에 다리를 꼬고 앉아 있는 횡보.

나는 횡보가 앉은 벤치에 앉아 그의 코나 인중 같은 데를 살펴보기도 (콧구멍 안을 들여다본다든가) 하고 또 어쩔 때는 그가 벤치에 올려두고 있는 팔에 기대보기도 한다. 그러다 인적이 없는 것 같으면 용기를 내서 볼이나 턱을 만져보기도 한다. 차마 무릎에 올라앉을 생각은 못해봤는데(나는 인간의 무릎이 좋다), 앞으로도 횡보의 무릎에 앉을 일은 없을 것 같다.

또 어느 날은 현판에 적힌 횡보 염상섭의 축약된 생애와 이 동상이 처음 어디에 세워졌고 누가 만들었고 하는 내력에 대한 글을 읽기도 한다. 어쨌거나 광화문에 있는 횡보를 그냥 지나치지 못하는 거다.

그렇다면 나는 그를 좋아하는가? 좋아한다기에는 뭔가가 부족하다. 그렇다면 존경하는가? 그것도 아니다.

우선, 나는 '존경의 마음'이라는 게 구체적으로 어떤 건지 느껴본 적이 없고, 소설가를 존경하고 싶지는 않다. 소설가가 하찮아서가 아니라 나에게 존경이란 마음은 그다지 대단하게 느껴지지 않기 때문이다. 소설이 좋다면, 그 소설을 좋아하면 된다고 생각하는 주의다. 또 특정 소설을 좋아한다고 해서 그 소설을 쓴 소설가를 좋아하게 되는 것 같지도 않다.

그렇다면 왜? 소설가의 동상이라서 그런 것 같다. 내가 소설가라서가 아니라 내가 소설가라는 사람에게 흥미를 느끼는 사람이라서 그 소설가를 보고 있게 되는 거다. 누군가가 표현해놓은 한 소설가에 대해 흥미를 가지고 보게 되는 거다. 그리고 말을 걸기도 하는 거다.

오늘 본 사람 중에 누가 제일 흥미로웠어요?

여기 이렇게 앉아 있으면 지겹지 않아요?

이러고 있으면 글은 언제 써요?

물론 속으로 한다.

•

이 글을 쓰다 마르크스와 엥겔스가 베를린 어디에 살았었는지, 아니면 머물렀는지, 베를린에서 그들이 만난 적이 있는지 궁금해졌다.

마르크스는 베를린대학(지금의 훔볼트대학)에서 공부했고 엥겔스도 베를린대학에서 공부했다. 하지만 시기가 겹치지는 않는 것 같다. 그리고 엥겔스는 베를린에서 군대에 지원해 포병으로 복무했다. 그들이 만난 곳은 파리였다. 전에 런던에서 만난 적이 있지만 서로를 좋게 생각하지 않았던 것 같고. 그들은 런던에서 오래 살면서 우정을 나누고 활동했다.

런던은 마르크스가 가장 오래 산 곳이었다. 그래서 베를린보다 런던이 '마르크스의 도시'로 느껴진다. 1849년 정치적 망명자로 런던에 온 마르크스는 잠시 머물려던 생각이었으나 1883년 세상을 떠날 때까지 런던을 떠나지 못했다. 초기에는 지독하게 가난했고, 불결한 환경에서 살아야 했고, 자식 셋을 잃었다. 엥겔스를 만난 이후 그에게서 경제적 원조를 받아(사실은 엥겔스 아버지 공장의 금고에서 빼돌린 돈) 생활하며 '돈 버는 기계'로 전락하지 않을 것임을 다짐한다. 무산계급의 전폭적인 지지를 받은 저작을 쓸 수 있었던 동력이 '유산계급 친구 아버지의 유산'이었음을 생각하면 몹시 우울해지고 마는 것이다. '돈으로부터 자유롭고 싶을수록 돈에 예속될 수밖에 없고, 돈으로부터 자유로워지기 위해서는 결국은 적당한 돈이 있어야 한다는 것'이라는 진실을 마주하게 되니까.

재미있는 건, 마르크스만 엥겔스의 원조를 받았던 게 아니라 결혼해

독립된 가정을 꾸린 마르크스 딸들까지 생활비를 보조받았다. 마르크스의 사위인 폴 라파르그가 쓴 『게으를 권리』에 보면 그렇다고 나온다. 쌍방이 다 대단한 경지라고 할 수 있다.

내게 마르크스의 생활 습관 중 가장 관심이 가는 부분은, 그가 아침 9시부터 저녁 7시까지 대영박물관 열람실에서 글을 썼다는 것이다. 도서관의 열람실보다는 미술관이나 박물관의 열람실에 앉아 있기를 좋아하는 게 나란 사람의 기질이므로 이 마르크스의 습벽에 마음이 끌렸던 것이다. 대영박물관에 가보지 못했고, 그러니 대영박물관의 열람실에도 가보지 못했지만 그 공간이 뭔가를 불러올 공간이라는 확신이 들고, 그곳이 벌써부터 그리워진다.

그리고 그 남자를 부러워하는 것이다. 런던의 테이트모던에 갔을 때, 기가 막힌 자리에 서서 노트북으로 작업하는 남자를 봤다. 그는 열람실 같은 데가 아니라 전시실 밖의 창가에서 작업하고 있었다. 은폐되었는가 하면 개방되었고, 밝은가 하면 어두운, 기묘한 자리였다. 그리고 그 남자의 자리에서 시선을 조금만 돌리면 빛이 동그라미 군락으로 떨어지는 걸 볼 수 있었다. 가슴이 시리도록 질투가 났다.

그 남자가 작업하는 그(런) 자리에서 아침마다 글을 쓰기 위해, 테이트모던 창가에서 작업하기 위해, 런던에 살고 싶다고 생각했다. 내가 괜찮은 글을 쓰지 못하는 건 오직 그 자리에서 작업하지 못하기 때문인 걸로 여겨졌으며, 그 남자의 노트북을 훔쳐 대체 어떤 글을 쓰는지 읽고 싶어졌다. 그 남자가 눈치채지 않게 애쓰며 그를 좀더 지켜보다가 전시를 보러 전시실로 들어갔다.

마르크스 동상으로부터

나는 종종 런던의 축축한 아침 공기를 맞으며 다리를 건너 테이트모던으로 걸어가고 있는 나를 상상하곤 한다.

•

베를린에 있는 동안 내가 의식했던 사람은 릴케였다. 내가 산책로로임의 지정한 루트 중 하나에(내가 살던 집에서 1킬로미터쯤 되는 거리) 그가 살던 집이 있었기 때문이다.

루 살로메와 살던 집이다. 더 정확히 말하면, 루와 그녀의 남편 칼 안드레아스의 집. 릴케는 이 집에 얹혀살았다. 릴케는 부부가 살던 집 마당에 헛간 같은 수준의 가건물을 지어 더부살이를 했다고 들었다(이분도 참 대단하다). 그러나 그런 사실이야 어쨌든 지금 이 집 벽에는 '릴케가 살았던 집'이라는 표식만 있다. 루 살로메나 그녀의 남편 칼 안드레아스에 대한 언급은 전혀 없다.

나는 이 산책 루트로 자주 산책을 했고, 그러다보니 이 '릴케의 집'을 볼 수밖에 없었고, 그래서 릴케와 루 살로메와 그들의 인생 족적에 대해 궁금해하지 않을 수 없었다.

그 집에 릴케가 살았던 것은 1898년부터 1900년까지 2년 동안이었다(이 집 벽에 쓰여 있다). 이 사실을 마주칠 때마다 나는 어떤 필요를 느끼곤 했다. 어떤 질서도 없이 그들에 대해 알고 있던 단편적인 사실을 연대기별로 정리해보고 싶다는. 그래서 그들의 생애에 대한 글들을 찾아보았던 것이다.

  1898년 전과 1900년 이후 그들의 삶에 대해. '르네'라는 이름 대신 '라이너'라는 이름을 쓰라고 권유한 루 덕에 라이너 마리아 릴케가 된 한 시인과 그가 사랑했던 것이 분명한 열네 살 연상의 여자에 대해.

  둘이 만난 곳은 뮌헨이었다. 1897년(1986년이라고 적힌 책도 있다). 루는 문명을 날리던 유명한 작가이자 사교계의 명사였고, 릴케는 첫 시집을 냈지만 거의 알려지지 않은 무명의 작가였다.

  러시아 상트페테르부르크에서 장군의 딸로 태어난 루가 먼저 와 있었다. 러시아를 떠난 루가 처음으로 발을 디딘 곳은 스위스의 취리히. 그 당시 러시아에서 외국으로 가기 위한 여권을 발급받으려면 견진성사를 받아야 했는데, 루가 견진성사를 받은 신부는 루에게 청혼했다 거절당했던 사람이었다(이때부터 루의 남성편력의 역사가 시작되었다고 하는데, 이미 그전부터 그런 일이 없을 것 같지 않다는 게 내 생각). 루는 취리히대학에서 비교종교학, 신학, 철학, 예술사를 공부한다. 그러다 이탈리아 로마로 가서 파울 레를 만나고, 그의 스승인 니체를 소개받는다. 두 남자 다 루를 사랑하게 되고, 청혼하고, 루는 거절한다. 스승과 제자는 사이가 틀어진다. 1897년 4월, 릴케와 루가 만난다. 1897년 5월, 둘은 바이에른의 작은 마을에서 지내다 루가 남편과 살고 있던 베를린으로 온다. (그러던 어느 날 릴케가 루의 집에서 더부살이를 하게 된 것으로 보인다.) 1899년, 루 부부와 릴케가 러시아로 여행을 떠난다. 톨스토이도 만난다. 1900년, 릴케와 루 둘만 러시아를 다시 여행하고 돌아와서 헤어진다(1900년 니체가 죽었는데, 이게 그들 사이에 영향을 미치지 않았을 것 같지 않다. 역시 내 생각). 같은 해, 릴케는 북쪽으로 움직이다 브레멘 근처에서 만난 조각가 클라라 베스트호프와 결혼한다. 1901년, 릴케와 헤어진 루는 빈의 정신과 의사와 사귄다. 1902년, 릴케는 클라라의 스승인 로댕의 비서가 되어 파리로 간다. 8월부터 집필을 시작한 로댕 자서전(이 책의 제목은 『릴케의 로댕』)을 12월에 끝낸다. 1903년, 루는 괴팅겐대학 교수가 된 남편(이때까지 헤어지지 않았다)을 따라 괴팅겐으로 이사하고 죽을 때까지 이 도시에 머문다. 1905년, 릴케와 루가 다시 만난다.

잠깐, 이쯤에서 자기와 혼인 관계를 유지하면서 다른 남자들과 끊임 없이 연애했던 루를 어떻게 칼 안드레아스는 두고 볼 수 있었는지에 대해 이야기해야 할 것 같다. 칼이 청혼하자 루는 고민하다 이런 조건을 내걸었다고 한다.

첫째, 평생 서로 섹스하지 않는다. 둘째, 다른 남자와 교제해도 상관하지 않는다.

칼은 승낙하고 둘은 결혼했고, 칼이 죽을 때까지 같이 산다. 루와 칼이 평생 섹스하지 않았는지, 아님 섹스 비슷한 것은 했는지, 알 수 있는 것은 없다. 남녀의 문제란 자기들만 아는 것이니까.

루의 전기를 쓴 사람 중 하나인 프랑스 작가 프랑수아즈 지루는 루가 유년 시절 오빠들과 근친상간 관계여서 남녀 간의 육체관계를 혐오했다는 가설(?)을 말하고 있다. 나는 이 '가설'의 사실 여부에는 관심이 없고, 다만 루가 남긴 수많은 글 중 이 글에 눈길이 간다. 1917년에 발표한 『정신 성생활』이라는 제목의 책이다. 루는 릴케와 헤어지고 1901년 사귀었던 정신과 의사의 아이를 임신하는데 낙태하고, 그 이후 다시 그 남자의 아이를 임신하는데 다시 낙태했다고 한다.

다시 릴케와 루의 재회 시점으로 돌아와서.

1905년 둘의 재회는 달콤했던 것 같다. 1911년, 루는 바이마르에서 프로이트와 만난다. 프로이트의 제자가 사랑하는 루를 스승에게 소개시켰던 것. 파울 레가 스승인 니체에게 루를 소개시키고 둘 다 그녀를 사랑하게 되면서 스승과 제자의 사이가 파탄 났던 것 같은 상황이 다시 반복된다. 55세의 프로이트는 루에게 반한다. 루는 프로이트의 제자가 된다. 1915년, 1919년, 두 달 넘게 릴케와 루는 뮌헨에 머문다. 1919년 둘의 만남은 마지막 만남이 된다. 1926년, 릴케가 죽었으니까.

둘의 인연은 여기에서 끝이 아니다. 1928년, 루는 「릴케와 러시아」를 발표하고 『라이너 마리아 릴케』를 간행한다. 그리고 이해, 베를린에서 프로이트와 마지막으로 만난다. 1929년, 루의 남편 칼이 사망한다. 1936년, 루는 요독증에 걸린다. 1937년, 루는 잠을 자다 세상을 떠난다. 그리고 그해, 81세의 프로이트가 『고 루 안드레아스 살로메』라는 책을 쓴다. 1939년, 프로이트가 사망한다.

아, 인생이란……

•

나는 릴케와 루 중심의 연대기를 정리하다가 어떤 사실을 깨닫는다. 내가 누군가에게 준 것을 그 누군가에게 받는 것이 아니라 또다른 누군가에게 받는 것이다. 운이 좋다면. 운이 나쁘다면 또다른 누군가로부터 받지 못할 수도 있다. 하지만, 이 정도면 그래도 나쁘지 않다. 가장 나쁜 것은 따로 있으니까. 내가 생각하는 최악의 경우는 이렇다. 아무에게도 그 무엇도 주지 못하는 것.

1900년, (홧김에 결혼한 것으로 보이는) 클라라 베스트호프와의 사이에서 릴케는 딸을 얻는다. 이 셋의 행복은 오래가지 않는다. 1902년 이후로 셋은 본 일이 거의 없다고 한다. 그러면서 혼인 관계는 유지한다(이혼하려면 경제적 문제와 행정적 문제가 복잡했다고 한다). 릴케는 루 말고도 여러 여자와 이런저런 관계들을 맺는다. 릴케가 죽은 후, 루 살로메 말고도 피아니스트, 출판업자, 화가 등이 릴케 회고록을 썼다. 릴케의 전기 작가인 볼프강 레프만은 릴케의 이 여자관계에 대해 이런 분류를 하고 있다. 항성과 혜성.

루 살로메 같은 인생의 여인은 항성이고, 잠깐 잠깐 스쳐지나간 여자들은 혜성이다. 천체에서 위치를 바꾸지 않는 별인 항성과 밝게 타오르다 소멸해버리는 별인 혜성.

재미있는 분류다. 그리고 유용하다. 이 '항성'과 '혜성'이라는 체제를 적용해보면 폴리아모리를 이해할 수 있는 거다. 한 사람만을 사랑할 수 없는 사람들을. 광대한 천체를 가진 이들은 여러 항성과 여러 혜성을 동시에 품을 수도 있겠구나라고 생각한다. 누군가는 말이다.

그리고 우리는 누군가에게는 항성이 되기도 하고 혜성이 되기도 한다. 내게 항성이었던 사람은 누군가에는 혜성이 되기도 할 것이고.

억울할 것도 없고 으스댈 것도 없는 것이다.

아, 인생이란.

베를린 일기

일기를 쓰지 못한다. 그러므로 '베를린 일기'라는 걸 쓰지 못했다. 대신 영수증을 모았다. 빈 노트에 그날의 영수증을 스카치테이프로 붙이는 게 나한테는 일기 쓰기 비슷한 것이었다.

이렇게 영수증을 모으면 좋은 점이 여러 가지가 있다. 일단, 하루에 얼마를 썼는지 대강 알 수 있고(약간의 반성도 할 수 있다), 어디에 갔었는지 떠오르고, 무엇을 샀는지 무엇을 먹었는지 누구와 함께 다녔는지도 알 수 있다.

물론, 영수증에 누구와 함께 다녔는지에 대한 것은 나오지 않는다. 하지만 기억이라는 건 이상해서 영수증에 찍힌 상호명과 주소, 구매 품목, 가격을 읽고 있으면 자연스럽게 나머지들도 떠오르는 것이다.

'그날' '거기'를 갈 때 '날씨'가 어땠는지, '동행'이 있었는지 없었는지, 동행이 있었다면 그날 어떤 '대화'를 나누었는지 등등 말이다. 그날, 거기, 날씨, 동행, 대화 등이 갖추어지면 얼추 일기가 구성될 수 있는 것이다. 그래서 일기를 쓰지 못하는 사람인 나는 일기 대신 영수증을 스크랩했던 것이다.

365일 그런 걸 하지는 않는다. 여행지에서만 그런다. 소비 패턴을 파악하고 기억하기 위해서. 비일상 가운데의 일상을 기록하기 위해서.

2016년 나는 7월부터 9월까지 대략 3개월 동안 베를린에 있었는데, 한 달인가를 남겨놓고 스크랩하는 것을 그만둬버렸다. 뭔가 알 수 없이 바빠져서 스크랩하는 게 버겁게 느껴졌던 것이다. 스크랩은 밀리기 시작했고, 초등학교 때 일기가 밀리면 그랬던 것처럼 아예 하지 않는 쪽을 택해버렸다.

하지만 영수증을 버리지는 못했다. 종이봉투에 넣어두었고, 그걸 아직도 버리지 못하고 있다가 이제는 정리를 해야겠다 싶어서 영수증을 꺼내서 하나씩 읽기 시작했다. 그리고 낯선(거의 모르는) 독일어를 더듬더듬 읽어가는 것이다.

정리 안 된 내 영수증 일부를 읽는 것으로 베를린 생활의 세부를 기억해내보기로 한다. 모든 걸 적을 수는 없으므로 하나의 영수증에 세 가지 단서만을 적기로 하겠다.

·

갤러리 라파예트. 식품관. 1.34유로×7=9.38유로

프랑스 백화점인 갤러리 라파예트는 베를린에서 (아마도) 프랑스 물건이 제일 많은 곳이다. 나는 베를린을 떠나기 보름 전부터 여기를 드나

들기 시작했는데, 가장 많이 산 품목은 바통 드 베르제의 소시숑이었다. 바통 드 베르제라는 브랜드는 파리에 살 때 알게 되었는데 모노프리나 프랑프리 같은 동네 슈퍼에서 쉽게 구할 수 있고, 값이 싸고, 정말 맛이 있다. 고소하고, 짭짤하고, 침이 고이는 맛이다. 와인과 먹어도 좋고 아침식사로도 좋다. 나는 주로 아침에 커피와 사과와 케피르와 함께 바통 드 베르제를 먹었다.

'베르제의 막대기'라는 뜻의 이 소시숑의 포장지에는 할아버지의 얼굴이 그려져 있는데 아마도 이분이 베르제씨일 것으로 짐작된다(실제의 인물인지 아니면 가상의 인물인지 알 수 없다). 이 정겨운 포장을 베를린 갤러리 라파예트에서 발견하고는 정말 기뻤고, 동시에 화가 났다. 바통 드 베르제를 먹지 않는 동안 나는 좀 많이 짠(가장 안 짠 거를 구한다고 구했음에도) 독일 살라미를 먹을 수밖에 없었기 때문에. 나는 그게 다 팔려서 사지 못하게 될까봐 라파예트에서 처음 봤을 때 있는 걸 다 사가지고 왔었다.

그걸 다 먹어서 다시 사러 갔던 거다. 이날은 포켓 소시숑 7개를 샀다.

레스토랑 굿타임. Hausvogteiplatz11. 41.5유로

타이 레스토랑. 베를린에서의 마지막 저녁이었다. 나와 함께 베를린을 '탐험'했던, 내게 베를린을 구경시켜주었던 K와 함께 똠양꿍, 흰 밥, 쏨땀, 나시고렝, 코카콜라 라이트, 애플숄레, 말차맛 아이스크림, 바닐라 아이스크림을 먹었다.

K는 아이스크림과 단것을 매우 좋아해서 나는 그와 함께 있을 때 늘

이런 걸 먹어야 한다는 의무감을 느꼈고, 이 의무를 너무나 충실히 이행한 나머지 어떤 날은 디저트를 세 번이나 먹은 적도 있었다.

나와 K의 집은 걸어서 1킬로미터 정도 되는 거리였는데, 그 거리의 중간에 '베를린에서 가장 맛있는 아이스크림 집'이 있었다. 물론 K의 주장이었다. 나는 산책하다가 그 가게에 잠시 들러 아이스크림을 사먹기도 했다. 건포도가 박히고 럼맛이 나는 아이스크림이 가장 좋았다. 1유로로.

갤러리 라파예트. 식품관. 5.5유로

식품관의 와인 바에서 화이트 와인 한 잔을 마셨다. 저녁 7시 40분이었다. 내가 시간을 기억하고 있는 것은 이날 음식을 주문했는데 주방이 끝났다며 거부당했기 때문이다(백화점은 8시에 폐장). 나는 정말 배가 고팠기 때문에('찢어질 듯 배가 고프다'라고 표현해도 될 정도) 방금 식품관에서 산 바통 드 베르제를 먹으면 안 되겠느냐고 물었다. 주인 남자는 원래는 안 되지만 자기에게도 책임이 있으니 어쩔 수 없다며 허락해줬고, 참크래커 같은 비스킷과 치즈 몇 쪽을 주기도 했다. 나는 보답으로 그에게 내 바통 드 베르제를 좀 나누어주었다.

티케이막스T·K·maxx. 액세서리. 20유로

티케이막스는 독일의 유명 아울렛이다. 베를린의 번화가라고 할 만한 곳에 하나씩 있기 때문에 꽤 많은 티케이막스를 봤다. 처음 갔던 티케이막스는 알렉산더 플라츠에 있었는데 거기서는 아무것도 사지 못했다. 신발을 사려고 갔었는데 한 시간 동안인가 물건을 찾다가 질려 카데베

베를린 일기

(베를린 비텐베르크 플라츠에 있는 거대한 백화점)에서 10분 만에 사버렸다. 그리고는 새삼 깨달음을 얻었는데, 원하는 특정 스타일을 정해서(무릎에서 10센티쯤 위로 올라오는 플리츠스커트라든가) 아울렛에 가면 실패하기 마련이라는.

그리고는 티케이막스라면 처다보지도 않다가 포츠다머 플라츠에서 티케이막스를 발견했던 것. 그때는 오후 3시쯤 됐고, 한국으로 치면 광화문 같은 분위기와 기능을 하는 동네인 포츠다머 플라츠였으므로, 붐비지 않을 것 같다는 판단이 들었다. 알렉산더 플라츠 티케이막스에서는 엄청난 인구밀도로 무엇보다 힘들었기 때문에.

내 판단이 맞았다. 나는 백화점 수준의 쾌적한 인구밀도에서 물건을 보고 고를 수 있었다. '액세서리류나 하나 사볼까'라는 마음으로 들어갔다. 이번에는 보려는 물건의 범위를 비교적 넓게 잡았다. 기준은 두 가지였다. 1. 벨트나 파우치 중에서. 2. 천이 아니라 가죽으로. 10분 만에 마음에 드는 것을 발견했다. MM6의 허리를 두 바퀴 감는 벨트. 유별나게 튀지도 않지만 그렇다고 심심한 것도 아닌 MM6다운 디자인. 1년 전쯤에 한국 백화점에서 봤던 물건이고 생각보다 가격이 높아 사지 않았었다. 그 벨트를 1년 후 베를린에서 1/10도 안 되는 가격으로 발견했던 것. 이번에는 10분 만에 계산까지 끝내고 나올 수 있었다.

라 스트라다. 포츠다머 스트라세 5번지. 34.4유로

이탈리아 레스토랑이다. 정확하게는 트라토리아. 맛도 있고 가격도 좋다. 원래는 꽤 가격이 있는 곳 같은데 10유로 안팎의 점심 메뉴가 있다. 베를린에 도착했을 때 여기서 점심을 사줬던 S에게 베를린을 떠나면서 점심을 사기로 했던 것. 우리는 오늘의 메뉴 하나씩을 먹고, 그는 500밀리리터 알코올프라이('알코올프리'라는 뜻인데, 자세히 보면 알코올이 아예 없지는 않다. 0.5퍼센트 정도의 알코올) 헤페바이첸을 나는 라들러(레몬이나 라임즙이 섞여 있는 맥주다) 300밀리리터를 음식과 함께 먹었고, 그러고 나서 그는 그냥 커피를 나는 에스프레소를 마셨다. 음식이나 커피나 다 맛있고 분위기도 좋은 곳이라 기록해둔다. 너무나 이탈리아 남자스러운 이탈리아 주인의 과장된 눈빛과 몸짓도 맛을 돋웠던 것 같고.

카이저, 포다폰, 25유로

카이저는 독일의 슈퍼마켓(미니 마트 규모) 체인 중 하나다. 포다폰은 통신사로, 베를린에서 나는 아이폰 3GS에 포다폰의 유심 칩을 끼워 썼다. 유심 칩을 끼운 후, 전화카드를 사서 충전해 쓰는 방식으로 전화기를 사용했다. 카이저에 전화카드를 충전하기 위해 갔던 거다. 유심 칩은 아무 데서나 팔지 않아서 유심 칩을 사러 쿠담에 있는 자툰이라는 전자 상가에 갔었는데, 선지불 카드는 동네 슈퍼에서도 파는 것이다.

카이저는 유심 칩을 살 때 말고는 거의 가지 않았다. 집 앞에 없기도 했거니와 일부러 카이저를 갈 만한 어떤 특색이나 장점이 없었기 때문이다. 카이저와 비슷한 형태의 소매점으로 에데카와 알도라는 것이 있는데, 가격으로 따지면 이렇다고 한다. 카이저〉에데카〉알도.

살던 집에서 길만 건너면 있던 마트는 에데카였다. 나는 주로 에데카에서 생수와 맥주 같은 무거운 것을 샀고, 과일이나 야채나 달걀, 유제품 같은 것은 집에서 1킬로미터 정도 떨어져 있는 뤼데스하이머 플라츠역 근처의 비오 컴퍼니BIO COMPANY에서 샀다.

나뚜루코스트딧Naturkost-Ditt, 칼 막스 알레 54-56번지, 10.41유로

이름도 생소한 이곳은 단 한 번 이용했다. 카페 지빌레에 다녀오던 길에 들렀던 유기농 식료품점이다. 카페 지빌레는 구동독 시절의 물건과 분위기를 간직하고 있는 카페로, 〈타인의 삶〉인지 〈굿바이, 레닌〉인지에 등장해 유명해졌다고 한다. 그날 카페 지빌레에 갔을 때 옆 테이블에서는 다음 달 있을 작가 낭독회에 대한 계획을 세우고 있었다(동행했던 K가 엿듣고 알려줬다). 이 식료품점에서는 사과와 콩줄기, 케피르 5개를 샀다. 케피르는 요구르트의 일종으로 탄산이 있고 묽은 형태의 음료다. 나는 이 음료에 반해 아침으로 커피와 함께 먹었고, 휴대하곤 했다. I는 내가 케피르에 중독된 걸 두고 이렇게 말하곤 했다. "은형씨, 한국에 돌아가면 케피르가 없어서 어떻게 해요."

CO베를린, 아메리카 하우스, 10유로

'I am you'라는 고든 팍스Gordon Parks의 전시를 본 티켓이다. 씨오베를린이 전시장의 이름인데, 이곳은 예전에 미국대사관이었다. 그래서 여전히 '아메리카 하우스'라는 이름이 여기저기에 남아 있다. 베를린에 있는 동안 이곳에 세 번 갔고, 매번 다른 전시를 보거나 사진집을 구경했다. 이곳 서점은 특색 있는 사진집을 사기 좋다. J는 서너 권의 사진집을 샀고, 내가 산 것은 슈타이들에서 펴낸 사울 레이터Saul Leiter의 〈Early

Color〉였다.

더 스토어, 토스라쎄 1번지, 10유로

더 스토어는 소호 하우스 베를린이라는 호텔에 입점해 있는 멀티숍이다. 디자인에 관련된 책과 치약과 샴푸, 옷과 신발 등등을 판다. 한국의 꼬르소꼬모와 비슷한 분위기로 좀더 캐주얼하고, 다양한 가격대의 물건들을 판다. 나는 이때 소호 하우스 베를린에 묵고 있었고, 그래서 더 스토어를 드나들며 물건을 구경하고 디자인 책을 보곤 했었다. 이날 산 것은 런던 가이드북. 베를린 생활을 마치고 런던에서 열흘쯤 체류할 계획이 생겨서 급조했다. 『런던 런던 런던』이라는 이름의 파란 표지의 책이다. 나중에 보니 한국에서도 그리 비싸지 않은 가격으로 팔고 있었다.

함부르거 반호프, 뮤지엄숍, 12.8유로

함부르거 반호프는 베를린에 있는 컨템포러리 아트를 전시하는 미술관이다. 이날 미술관에 가는 길 강변 카페에 앉아 있던 소설가 H를 만났다. 탁자에 기대에 있던 뒷모습을 보고 그녀인지 알아보았고 나도 모르게 그녀에게 다가가 인사했다. 너무 피곤해하는 모습을 보며 괜한 짓을 해 그녀의 휴식을 빼앗았다는 자책을 (잠시) 했다. 이날 본 칼 앙드레의 전시는 최고였다. 언젠가 그에 대한 글을 쓰게 되길 바랄 정도로. 뮤지엄 숍에서 커다란 도트가 하나 인쇄된 천 가방을 샀다. 미술관에 딸린 가게에 들어가 뭔가를 사는 것(특히 천 가방이나 우산)은 오랜 습관이다.

이 미술관에 딸려 있는 레스토랑은 맛있고 식재료의 질도 좋고 세련

되었다. 그러나 웨이트리스가 너무나 딱딱하고 불친절. 음식 맛을 감퇴시킬 정도였으나 다른 음식이 먹고 싶어 다시 갔었다. 그리고 또 냉대를 받았다.

카페 딕스, 베를리너 갤러리, 20.6유로

베를린 비엔날레 기간에 방문했었다. 카페 딕스의 딕스는 베를린 화가 오토 딕스의 이름을 딴 것이다. 보랏빛으로 된 이색적인 공간. 사람들은 거의 야외에 앉았는데 나와 J는 보랏빛 실내를 구경하기 위해 안에 앉았다. 베를린에서 본 남자 중 제일 잘생기고 스타일리시한(길게 기른 흑인 곱슬머리를 두피로부터 띄워 반묶음 했다) 남자가 와서 주문을 받았고, 우리는 가지 파스타와 샌드위치, 알코올 프리 맥주를 주문했다. 우리보다 늦게 온 사람들이 주문한 음식들이 나올 때까지 우리의 음식이 나오지 않아 컴플레인하다가 그 잘생긴 남자의 미숙한 일처리로 생긴 일임을 알게 되었다. 그 남자가 미안해하며 눈을 깜빡거렸는데 속눈썹이 참 길었다. 이 남자가 매니저에게 혼나는 걸 보며 마음이 좋지 않았다.

•

날짜 없는 일기다.
영수증에는 날짜가 있었지만 적지 않았다.
몰아 쓴 일기에 날짜가 무슨 소용이냐고 생각하는 거다.

청 ·
어 비
· 스
마
르
크
식

베를린에서, 그리고 독일에서 가장 많이 본 동상은 비스마르크였다. 비스마르크가 그만큼 많다기보다는 내가 식별한 동상이 별로 없어서일 수도 있겠다. 어쨌든 처음 비스마르크를 본 것은 반제에 있는 클라이스트의 무덤에 갔을 때였다.

우연히 보게 되었다. 나와 함께 베를린을 '탐험'하기로 한 K가 짜왔던 탐험 경로에 클라이스트 무덤이 있었고, 그 무덤을 찾지 못하고 헤매다가 비스마르크 동상을 보았던 것.

그 동상은 머리가 있는 토르소 형태였고, 거대했다. 이 비스마르크는 머리에 공군 조종사들이 쓸 법한 디자인의 군모를 쓰고 있었다(그런데 왜 공군 조종사 모자는 목을 덮게 디자인 되었는지 궁금해졌다. 아시는 분?).

나는 잠시 그 동상이 왜 토르소 형태로 제작되었는지 생각해보았다. 그건 비스마르크가 입은 옷 ─ 군복으로 보이는 트렌치코트류의 옷 ─ 을 부각시키기 위해서였던 게 아닌가 싶었는데, 아닌 게 아니라 그 옷은 정치가였으나 군인이기도 했던 비스마르크의 정체성을 잘 드러내고 있었다. 그래서 나 같은 외국인도 '콧수염'과 '강인한 턱' '군복'이라는 세 가지 기호를 해독해내어 '아, 비스마르크!'라고 외치게 되었던 거고.

'그런데 왜 반제에 비스마르크가?'라는 생각도 들었다. 반제는 낭만적이고 몽상적인 느낌을 주는 곳이기 때문이다. 아주아주 큰 호수, 반Wann이라는 이름을 가진 호수See라서 반제인 곳. 베를린 사람들이 놀러가는 교외 같은 곳. 클라이스트는 이곳에서 자살을 했다. 여자와의 동반자살이었다. 정사情死 같은 것.

·

클라이스트를 특별히 좋아해서 갔던 건 아니다. 나는 그의 이름 정도만 알고 있었고, '하인리히 폰 클라이스트'라는 풀 네임으로 미루어 신분이 고귀한 작가일 거라는 정도만 짐작했었다. K는 내가 작가이므로 작가에게, 작가의 무덤에, 더군다나 베를린(근교)에서 죽은 작가에게 관심을 가질 것으로 생각했다고 했다. 그렇지 않느냐고 물어서 나는 애매하게 웃었다.

"클라이스트 그랍!"

나는 이렇게 외치며 표지판을 가리켰다. 독일어로 '그랍'은 무덤이나 묘지라는 뜻이겠구나 생각하면서.

도착한 클라이스트의 무덤에서 나는 클라이스트의 간략한 생애와 간

략한 자살 경위에 대해 듣게 된다. 독일어로 된 그 글을 K가 영어로 번역해 말해주었던 거다. 그러던 중, 우리는 독일어 옆에 영어로 된 번역문의 존재를 알아차렸다. 그걸 건성으로 읽어내려가다 나는 이 부분에서 멈췄다. 그러고는 몇 번을 다시 읽었다.

1811년 11월 20일 오후 3시 클라이스트와 헨리에타 포겔은 빌린 마차를 타고 베를린으로부터 숙소에 도착한다. 그들은 2층에 있는 두 개의 방을 빌렸다. 다음날 날씨가 추웠음에도 불구하고 호수 반대편까지 산책하고 돌아온 그들은 기분이 좋아져 커피를 마시기 위해 탁자와 의자를 끌어냈다. 그들은 그들의 방에서 밤새 가족과 친구에게 작별 편지를 쓰느라 밤을 지새웠다. 1811년 11월 21일 목요일 오후 4시경에 클라이스트는 먼저 헨리에타 포겔의 바람에 따라 그녀를 쏘고 그러고 나서 자신을 쏜다.

"그들은 2층에 있는 두 개의 방을 빌렸다" 이 부분에서 나는 숨을 멈추었다. '1층이 아니라 3층이 아니라 2층이었구나. 그리고 두 개의 방.' 연인인 그들이 마지막 밤을 따로 보내기로 했다는 게 그럴듯했고, 내가 그들 중 하나였다고 하더라도 그러지 않았을까라고 생각했다. 죽기로 했지만 그러고 싶어지지 않을 수도 있고, 이런 변심에 대해 도저히 말할 수 없다면 상대의 묵인하에 죽음으로부터 달아날 수 있는 마지막 기회가 주어지는 거다. 마음이란 바뀔 수 있는 거니까. 그리고 내가 그러지 않는다고 해도 상대가 그럴 수 있는 시간을 허락해야, 허락할 수 있어야 죽음의 동반자 자격이 있는 게 아닌가라는 생각도 했다.

그리고 이 부분. 날씨가 추웠는데 산책을 했다는 것이 특히나 감명적이었다. 죽음을 앞둔 자들의 마지막 산책에 대해 쓴 소설이 있었던가? 없다면 내가 쓰고 싶어졌다. 하지만 당분간 쓸 수 없을 것이다. 나는 이두 명의 연인을 산책시킬 때 그들에게 어떤 말을 나누게 해야 할지 떠올릴 수 없었다. 보행자 사이의 거리라든가 그들을 웃게 해야 할지 찡그리게 해야 할지, 그들에게 마지막 식사로 어떤 걸 먹게 해야 할지, 그들로 하여금 산책에서 어떤 것들을 보게 해야 할지 등에 대해서도 별다른 게 생각나지 않았다. 하지만 클라이스트의 경우를 참조해 이것 하나만은 결정했다. 그들에게 커피를 마시게 해야겠다는 것. 아주 맛있고 정성 들여 끓인 커피를 그들로 하여금 맛있게 먹게 해야겠다는 것. 그리고 (여기서 말할 수 없지만) 그들이 할말을 정했다.

죽음을 앞둔 남녀의 산책, 그리고 마지막으로 마시는 커피, 그 커피를 마시기 위해 밖으로 끌어낸 탁자와 의자…… 이 부분 때문에 클라이스트와 그의 연인 헨리에타 포겔은 내 마음속에 남게 되었다. 그날 본 히틀러의 게르마니아 흔적, 전쟁 희생자 기념비, 베를린 교외의 버려진 성城 비슷한 것, 해체된 베를린 장벽의 잔해 같은 것보다 훨씬.

한국에 돌아와 클라이스트에 대해 찾아보았다. 작가 연보를 읽는 걸좋아하는 사람으로서 특이한 작가 연보를 참으로 많이 보아왔으나 클라이스트 것도 만만치 않았다.

짧게 정리하자면 이렇다.

하인리히 폰 클라이스트(1777~1811)

극작가이자 시인, 산문작가, 소설가. 동시대에는 이해되지 못했고 작가로도 성공을 거두지 못했으나 오늘날 독일에서 가장 영향력 있는 작가 중하나로 꼽힌다(고 저자 약력란에 쓰여 있다). 아버지는 프로이센 장교였고, 집안은 대대로 군인 집안(이자 프로이센 귀족)이어서 군인이 되길 강요받았으나 군인이 되지 못했다(될 수 없었다). 프로이센 귀족은 영지에서 나오는 수입으로 생활할 수 없으면 세 가지 직업 중 하나를 택해야 했다. 군대와 관직과 학문. 다른 것을 하고 싶다면, 귀족 신분을 포기해야 했다. 군대에서 나온 클라이스트는 자의 반 타의 반(특히나 약혼녀)으로 '관직' 쪽으로 가려 하나 기질상 결국 '하지' 못하고 만다. 사랑과 교양과 자유의 가치를 주장하며 문필업에 종사하길 원하나 그후로도 갈팡질팡한다. 스위스에 농가를 매입해 농사를 짓고 싶어했으나 누이와 약혼녀의 반대로 무산되고, 다시 군대에 입대한다. 이번에는 나폴레옹의 군대에. 독일인이면서 적국인 프랑스 군대에 입대하겠다고 프랑스에까지 찾아가 입대한다. 죽기 위해서였다고 한다. 그가 입대하면서 남긴 편지에는 '아름다운 죽음을 원한다'는 등 '인생의 종말을 꿈꾼다'는 등의 말이 있는데, 이마저도 그렇게 신뢰가 가지 않는 게 이 시기 그는 목수를 하고 싶다고도 했다. 나약하고 재주가 많고 불안정한 영혼이었던 것 같다. 죽으려는 목적으로 입대한 프랑스 군대에서 죽지 못하고 다시 독일에 돌아와 정서장애였다며 반성문 같은 걸 쓰고 반역죄로 기소당하는 것을 모면한다. 「깨진 항아리」라는 희곡을 써 괴테의 연출로 바이마르에서 초연되나 참담하게 망한다. 괴테("작품이 지루하다")와 클라이스트("연출이 형편없다")는 서로를 탓하고, 클라이스트는 괴테에게 결투 도전장까지 보내려 했다. 괴테는 괴테대로 격노해 클라이스트가 신경이 너무 예민하거나 병에 걸린 게 아니라면 도저히 용서할 수 없다고 한다. 베를린 근교 반제로 가서 헨리에타 포겔과 함께 자살한다.

그가 정신적으로 문제가 있었고 죽음을 일종의 프로젝트로 보았다고 말하는 클라이스트 연구자도 있다고 한다. 그는 죽고 싶다는 편지를 여럿에게 쓰기도 했고, 어떤 친구에게는 동반자살을 제안하기도 했다. 제안들은 모두 받아들여지지 않았다. 헨리에타 포겔을 제외하고는.

헨리에타가 클라이스트의 이 특별한 제안을 수락했던 것은 암 환자였기 때문이다. 헨리에타는 기혼녀였는데 그녀가 죽고 나서 반년 만에 남편이 재혼한 것으로 보아 결혼생활도 그리 행복하지 않았던 것 같다. 죽고 싶은 남녀가 만나 좀 이르게 죽었다. 죽고 싶은 날, 죽고 싶었던 장소에서, 스스로.

그런데 이들이 연인이 아니었다고 주장하는 글을 읽었다. "35세의 꽃다운 나이에 그는 자살했습니다. 한 여자와 함께였습니다. 그가 사랑했던 여자가 아니었습니다. 그가 이 불치병에 걸린 여자와 함께 나눴던 것은 죽고 싶다는 마음뿐이었습니다."*

토마스 만의 글이다. 이 말을 믿는다면, 클라이스트는 정사를 한 게 아니다. 자살 동반인을 구하는 데 성공해 죽음 프로젝트를 무사히 완료한 거라고 볼 수 있다.

---

* 하인리히 폰 클라이스트, 『미하엘 콜하스』, 황종민 옮김, 창비, 2013. 역자 후기에서 재인용.

내가 궁금한 건 이거다. 클라이스트는 죽고 나서 자신이 엄청난 비난과 오명에 시달리리라는 걸 예상했을까? 비그리스도적이고 비인간적이라는 이유로 교회에 묻히지 못하리라는 걸 알았을까? 클라이스트 가문에서 죽은 그를 얼마나 부끄러워했는지 알았을까? 그것까지 그의 죽음 프로젝트 안에 있었을까?

그가 죽기 전에 했던 기행이라 불릴 만한 이런저런 일들과 남겨놓은 글들을 보면 그랬을 법도 하다. 그런데 또한 그가 남겨놓은 글들에서 그토록 미움받는 건 예상하지 못했을 수도 있다. 죽기 전날, 그러니까 11월 20일에 그의 누이에게 쓴 편지가 있는데 자신을 제발 용서해달라고 더이상 미워하지 말라고 간청한다. 클라이스트는 어쩌면 자신의 죽음으로써 그간 자신의 과오와 잘못과 불화를 다 씻어낼 수 있으리라고 생각했는지도 모르겠다. 아, 딱한 사람.

나는 그의 누이가 클라이스트를 용서했을 것 같지 않다. 죽음으로써 자신을 용서해달라고 하는 사람을, 더군다나 자신을 사랑하는 게 분명한 그 사람을, 용서할 만한 사람은 그리 많지 않을 것이기 때문에. 또한 나는 이 남자가 얼마나 외로웠을지 상상할 수 없다. 그게 클라이스트라서가 아니라 모든 사람의 외로움이라는 게 그렇다.

상상할 수 있으나 상상할 수 없다. 하지만 상상할 수밖에 없다.

죽은 지 100년 후 비로소 묘비가 놓였다고 한다. 클라이스트 가문에서 세웠다. 그리고 다시 100년 후 클라이스트의 묘비가 복원되었다고 한다. 어떤 일로 훼손되었는지는 모르겠는데 어쨌든 그렇다. 묘비가 복원된 건 2011년, 그가 죽은 날인 11월 21일이었다.

비스마르크식 청어

•

K와 나는 클라이스트의 무덤에서 나와 재미있는 음식점에 갔다. 자기네 목장과 농장에서 나온 재료로 운영하는 농원 식당 같은 곳이었는데, 식당 옆에는 정원용품과 인테리어용품을 파는 데가 딸려 있었고 농민들을 그린 그림을 전시하는 갤러리가 있었다. 옛날 독일 음식을 팔고 있는 식당이라고 했는데 오후 2시에 갔음에도 만석이었다. 10분쯤 기다려 자리가 났는데 시간이 너무 늦어서 브런치 메뉴 같은 건 시킬 수 없다고 했다. 나는 메뉴판을 제대로 읽지도 않고 청어 요리를 시켰다. 정확한 이름이 기억이 나지 않는데 독일의 어느 지역 이름을 딴 '○○식 헤링'이었다.

베를린에서는 생선이나 해산물을 먹을 일이 그리 많지 않기 때문이기도 했고(메뉴판에서도 찾기가 힘들다), 얼마 전 튀빙엔에서 먹은 도미 요리의 감동이 가시지 않았기 때문이기도 했다.

그런데, 청어 요리가 내 앞에 놓이는 걸 본 순간 난 눈앞이 하얘지는 것 같았다. 날것으로 보이는 청어가 요구르트 소스에 뒤덮여 있었다. 요구르트 소스에는 작게 깍둑썰기 한 사과와 배, 삶은 감자, 건포도 같은 게 들어 있었고, 내 손바닥만한 크기의 청어 살이 네 쪽이나 되었다(어마어마한 양!). 결정적으로 청어의 색을 묘사해야 하는데, 그건 우리가 본능적으로든 경험적으로든 음식의 색으로 받아들이기 힘든 유의 색을 갖고 있었다. (일단 심호흡) 그 생선살은, 파란색과 보라색이 섞여 우리가 흔히 '푸르딩딩하다'라고 부를 만한 그런 색이었다.

나는 천천히 칼질을 하면서 마음을 다잡았다. 이걸 다 먹으리라 생각했다. 형태적으로는 어떤 식욕도 돋우지 못하는 그 음식을 포용해보기로 했다. 최대한 작게 잘라서 요구르트 소스에 들은 과일을 얹어 꼭꼭 씹어 먹었다. 생각만큼 해괴한 맛은 아니었다.

나는 왜 이 염장한 청어를 요구르트 소스에 버무려 먹는 건지 궁금했다. 청어가 소화불량을 유발할 우려가 있어 요구르트가 돕는 개념인 걸까? 청어의 짠맛과 요구르트의 신맛과 과일의 단맛을 동시에 느껴보라는 배려인 건가? 정말 요구르트가 최선일까? 요구르트와 청어가 영양학적으로 최고의 조합인 걸까? 정말 그런 걸까?

이 요구르트 청어만 그랬던 건 아니다. 독일에서 먹었던 음식들은 그런 궁금증을 내게 자아내곤 했다. 그리고 놀라움을 주었다. '아, 이게 또 무슨 조합이지?'라는 생각을 하며 나름의 인식적 충격을 받았던 거다.

독일식의 독특하고도 기이한 재료와 레시피의 조합이란. 그리고 엄청난 양과 밀도와 시각적 고려가 거의 없이 배치한 음식이 주는 충격. 이 글을 쓰는 지금, 나는 독일 음식의 경제성과 실용성을 다시 느끼고 있다.

얼마 전, 요리에 대한 역사서를 읽다가 이 청어 요리를 부르는 이름이 있다는 걸 알았다. 비스마르크식 청어 혹은 비스마르크의 청어.

그러니까 나는 그날 비스마르크 동상을 보고 비스마르크식 청어를 먹었던 것이다. 클라이스트의 무덤을 가려고 했던 것뿐이었는데. 이 놀라움!

이 청어 요리가 비스마르크식 청어가 된 유래는 이렇다. 이 청어는 독일을 비롯한 발트해 인근에서 먹던 청어로, 소금에 절인 청어에 식초와 설탕 등을 더해서 만든 것이다. 19세기 독일 북부의 한 청어 상인이 비스마르크에게 생일 선물로 두 번이나 이 청어를 보냈다. 두 번 보내던 해에 비스마르크에게 비스마르크라는 이름을 상표로 사용하게 해달라고 했다. 비스마르크는 직접 답장을 보내 허락했고, 이 절인 청어 요리가 비스마르크 청어가 되었던 것.

비스마르크 마케팅의 승리다. 비스마르크라는 동명의 이름을 가진 빵과 비스마르크 피자도 아마 이런 것일 거라고 생각한다. 내가 독일에서 가장 즐겨 마시던 맥주인 라드베거는 '비스마르크가 즐겨 마시던 맥주'라는 게 여전히 마케팅 포인트였다.

'비스마르크 청어' '비스마르크식 청어' '비스마르크의 청어' 이런 검색어를 넣어 검색하다 재미있는 사실 한 가지를 더 알게 되었다. 『비스마르크의 청어』라는 책도 있다. 프랑스 정치가 랑 뤼크 멜랑숑이 쓴 독일 비판서라고 하니 이 제목이 어떤 내용을 상징하는지 알 것 같다.

비스마르크라는 이 강력한 상징!

갤 • 베
러 타
리 니
• 엔

베타니엔 갤러리는 재미있는 곳이다. 독특한 역사가 있고 흥미로운 지역에 속해 있으며 공간이 개성적이고 특색 있는 전시를 한다.

나는 베를린에 가기 전부터 이곳을 알고 있었다. 문화예술위원회에서 하는 미술가 지원 프로그램 중에 '베타니엔 갤러리' 프로그램이 있고, 여기에 선정되면 베를린에 1년간 체류하면서 레지던시를 하고 전시 기회가 주어진다는 걸 말이다. 내가 아는 미술가 2명도 베타니엔 레지던시에 다녀오기도 했고.

베를린에 머물면서 다시 이곳에 대한 이야기를 여러 사람에게 들었고, 이곳을 방문하고 나서는 이곳에 대한 글을 써야겠다고 생각했다. 왜냐하면, 베를린이라는 도시와 베타니엔 갤러리는 묘하게 닮아 있기 때문이다. 베를린은 전쟁과 파괴, 분단, 그리고 다시 통일을 겪은 곳이고, 이 베타니엔 갤러리라는 곳은 그러한 베를린의 파란만장함이 새겨진 '작은 베를린'이라는 생각이 들었던 것이다. 그러니 다른 베를린 얘기로 뻗어나가기도 좋고.

일단 이 갤러리의 기이한 역사에 대해 먼저 이야기해야 한다.

여기는 간호학교 겸 병원으로 설립되었다. 특이한 점은 이 간호학교의 모든 학생이 수녀였다는 것이다. 그러니까 병원이자 학교이자 수녀원이었던 셈이다. 1845년의 일이다.

궁금하다. 수녀원이면서 동시에 간호학교였던 곳이 또 있었는지. 또, 신에게 봉사하기로 한 사람들인 수녀가 아니면 지원자를 모집하는 게 어려울 만큼 간호라는 일이 (그때는 더) 험한 것이었는지. 아마 지금보다 혼자서 감당해야 하는 환자 수와 업무 범위가 어마어마했을 것이고, 그에 따른 보상이나 처우도 충분하지 않았을 것이다. 나로서는 그 열악한 근무 환경과 노동 조건에 대해 감히 상상할 수 없다.

그러면서 한편으로는 기이한 느낌이 드는데, 그건 아마 내가 아는 수녀원의 이미지랑 이 '베타니엔 수녀원'이 너무도 달라서일 것이다. 내가 아는 수녀원은 대개 이런 곳이었다. 잠시 사랑하는 여자를 피신시키거나(『아벨라르와 엘로이즈』), 말도 안 되는 '놈'이랑 사랑에 빠져 속 썩이는 딸을 부모가 격리시키거나(「칠레의 지진」), 사랑에 배신당한 귀족 여자가 가거나(『위험한 관계』), 결혼 전 양갓집 규수들의 신부 수업(『보바리 부인』)의 일환으로 보내거나 했던 곳. 그러니까 내게 유럽의(특히 중세 시대의) 수녀원이란 '고귀'한 여자들의 의탁소로 여겨졌던 것이다. 세상으로부터 회피의 느낌이 강하고 땀냄새가 나지 않는 관념적인 곳이랄까.

그런데 베타니엔 수녀원은 너무나도 다른 느낌이다. 이곳에서는 노동을 하고, 훈련을 받고, 세상에 적극적으로 개입하는 것이다. 씩씩하고 현대적인 느낌의 수녀원이다.

·

　1848년에는『에피 브리스트』의 작가 테오도르 폰타네가 이 병원의 약국에서 일했다. 현재 이 약국은 '폰타네 약국'이라는 흔적을 달고 살아남아 나 같은 방문객을 받고 있었다. 빈 비커와 슬라이드, 유리병 같은 것이 나무로 짠 선반에 도열되어 빛을 반사해내고 있는 이 전시용 약국은 당시의 컴컴함과 어둠은 지운 채 근사한 실험실 같은 이미지를 내뿜고 있다. 나는 어느 한구석에 기대어 폰타네가 이곳에서 일하는 동안 얼마나 지루해했을지 아니면 지루할 틈도 없이 일에 치여서 시들어가고 있었는지 상상하고 싶었다. 그런데 그럴 수 없었다. 같이 이곳을 방문한 K가 그곳을 지키는 남자에게 나를 가리키며 '그녀도 폰타네처럼 소설가'라는 쓸데없는 말을 해서 민망했기 때문이다.

　폰타네가 약국에서 일했던 것은 그가 약국집 아이로 태어났기 때문인 것으로 보인다. 군인 집안의 아이로 태어난 클라이스트가 적성에 맞지 않는 군대와 관직에서 한동안 헤맸던 것과 마찬가지로. 폰타네가 태어난 곳은 베를린 근교인 노이루핀인데, 이곳에는 '폰타네 테르메'라는 사우나가 있다고 들었다. 수영과 소금욕을 즐길 수 있는 곳으로, 프랑스 비쉬 마을처럼 온천장 마을인 것 같았다. 나는 온천이나 사우나라면 껌뻑 죽는 사람이므로 당연히 그곳에 가고 싶었지만, 독일의 사우나는 대개 완전한 나체가 되어 남녀가 같이 들어가는 곳이므로…… 그렇다고 들었으므로…… 그러지 못했다.

폰타네에게 관심을 갖게 된 것은 토마스 만이 좋아하고 영향을 받은 작가이기 때문이다. 뤼벡에 있는 토마스 만 하우스(사실은 토마스 만과 그의 형 하인리히 만의 공동 기념관이지만)에 갔다가 알았다. 그가 경애했던 작가 여덟 명의 사진이 벽에 붙어 있었다. 하인리히 하이네, 프리드리히 니체, 폴 부르제, 테오도르 폰타네, 테오도르 슈토름, 니콜라이 톨스토이, 에밀 졸라, 요한 볼프강 폰 괴테. 이들을 제대로 읽어보자는 생각이 들었다. 좀 지루하다고 생각하는 '도덕주의자' 졸라와 '교양주의자' 괴테 말고는.

나는 '재미'를 독서(특히나 소설)에서의 가장 중요한 기준으로 삼고 있기 때문이다. 이런 내게 가장 재미있게 여겨지는 작가 중 하나가 토마스 만이다. 대학교 1학년 때 학교 도서관에서 주저앉아 홀린 듯이 『브란덴브루크 가의 사람들』을 읽었고, 『마의 산』은 그로부터 10년쯤 지나 읽게 되는데 그때의 황홀함은 『브란덴브루크 가의 사람들』을 읽을 때의 경험을 압도했다. 나는 토마스 만이 인간을 묘사하고 대화를 시키고 웃게 하는 방식, 산책시키는 방식, 그런 식으로 인간의 모든 것을 드러내는 오묘한 방식에 감탄하고 또 감탄했다.

그런데 아직 폰타네는 읽지 못했다. 몇 년째 내 책꽂이에 꽂혀 있는 『에피 브리스트』를 넘겨본 적도 없다. 폰타네를 읽고 싶어서 안달이 날 그런 밤이 찾아온다면 아마 읽게 되겠지만.

다시 베타니엔 갤러리로 돌아와서. 폰타네가 베타니엔 갤러리에서 일하기 시작한 해인 1848년에 베를린 혁명이 일어났다. 그해 2월, 파리에서 일어난 2월 혁명이 성공해 유럽 전역에서 유사한 사건이 연쇄적으로 일어나게 되었던 것이다. 독일도 예외가 아니었다. 무기를 일반인도 가지게 할 것, 언론의 자유, 농민의 삶의 질 개선 등을 요구했지만 실패했다. 무엇보다도 하나의 독일을 원했지만, 연방제로 남았다. 아직, 통일 국가를 이루지 못한 것이다.

1869년, 900명 이상의 환자가 감염으로 죽었다. 그렇게 많은 환자가 죽었으니 그들을 돌보던 수녀 간호사들도 많이 희생되었을 것이다. 나는 이걸 I와 함께 베타니엔에서 가져온 '베타니엔의 역사' 같은 영문 브로슈어를 읽다가 알게 되었다. 처음에는 '감염'이 아니라 불에 타 죽은 걸로 알았다. 왜냐하면 영문으로 그렇게 적혀 있었기 때문에. 베타니엔은 유령이 나오는 곳으로 유명하다고 말하면서 I는 "아, 그래서 그랬군요"라고 말했다. 이런저런 이야기를 하면서 우리는 900명을 불타 죽일 만한 불에 경악했다. 그러던 중 I는 독일어 버전 브로슈어를 보게 되었는데 불에 타 죽은 게 아니라 '감염'이었음을 발견했던 거다. I는 한숨을 내쉬며 독일어 버전을 영문 버전으로 옮긴 사람의 실력 부족과 이런 걸 제대로 잡아내지도 못하는 에디터의 무능을 지탄했다.

우리는 계속 영문 브로슈어를 읽어나갔다. 미심쩍은 부분이 발견되면 I는 독일어 버전과 비교해주었다. 그녀는 내가 베를린에 있는 동안 내 코디네이터였고, 나는 주로 이런 일들을 그녀의 도움을 받아 처리했다.

1941년에는 게슈타포가 차지하고 1943년에는 폭격으로 파괴된다. 연합군의 폭격으로 베를린 일대가 초토화되었던 것이다. 계속되는 악재로 베타니엔은 병원으로서의 기능을 거의 상실하고 방치된다. 1968년에 철거 계획이 발표되고, 그후에는 반대 데모가 일어나고, 베를린시에 건물이 매각된다. 그러나 이곳은 '스콰'된다.

·

스콰squat. 점거라는 뜻이다. 이 단어가 특별한 것은, 스콰이 불법 점거를 가리키는 말일 뿐만 아니라 일종의 '예술 운동' 중 하나로도 여겨지고 있어서다. 돈이 없어서 건물을 점거하는 사람들도 있고 정치적인 의도로 건물을 점거하는 사람들도 있고, 때로는 그 둘이 섞이기도 할 것인데, 베를린은 이 '스콰'이 유난히 활발히 일어나는 곳이라고 베를린 사람들은 말했다.

베타니엔 갤러리가 속해 있는 곳은 크로이츠베르크라는 곳인데, 프렌츠라우어베르크와 더불어 스콰이 많이 일어나는 곳이다. 독일 통일 이전, 크로이츠베르크는 서독에 프렌츠라우어베르크는 동독에 속했는데 주거지로나 상업지대로나 그리 인기 있는 지역이 아니었다. 그러나 통일 후 모든 것이 바뀐다. 빈집에 누군가가 들어와서 점거하고, 그런 일이 계속되면서 수요가 부족해지고, 크로이츠베르크와 프렌츠라우어베르크는 힙한 지역이 된다. "가난하지만 섹시한poor but sexy"이 베를린이 내세우는 대표 이미지인데, 크로이츠베르크가 비교적 그런 느낌을 주는 동네라고 할 수 있다. 그래피티, 험블하지만 유니크한 가게들, 지하철 역사 앞에서 마약을 파는 사람들, 발로 지하철 문을 누르는 사람들(베를린 지하철은 버튼을 눌러야 문이 열린다. 그리고 대개의 사람들은 손으로 누른다)이 그런 분위기를 준다. 프렌츠라우어베르크는 크로이츠베르크에 비해 부촌이라고 할 수 있다. 여피와 외국인, 유기농, 삶의 질, 문화, 교양…… 이런 걸 신경쓰는 사람들이 이 동네를 선호한다는 느낌을 받았다.

크로이츠베르크의 베타니엔 갤러리도 점거되었던 것이다. 그리고 점거한 이들의 의도가 관철된다. 그러니까 그들의 승리. 1973년, 병원이었던 베타니엔은 문화공간으로 재개관한다. 그게 지금의 쿤스트라움 크로이츠베르크 베타니엔이다. 하나의 베타니엔이 더 있다. 전 세계 작가들을 위한 레지던시를 운영하는, 쿤스틀러하우스 베타니엔 스튜디오. 이 두 베타니엔은 도보로 20분쯤 걸리는 거리에 위치해 있다. 나는 후자의 베타니엔을 '베타니엔'이라고 알고 있었고, 베를린에서 만난 사람들은 전자의 베타니엔에 대해서 말했다는 걸 나중에야 알게 되었다.

베를린의 갤러리는 크로이츠베르크 지역과 프렌츠라우어베르크 지역 사이에 있다고 할 수 있는 미테 지역을 중심으로 모여 있다. 라인하르트가에 있는, 이곳에서 유명한 잠룽 보르스라는 한 갤러리는 히틀러의 벙커였던 곳을 개조해서 만든 것이다. 갤러리가 되기 전 이 벙커는 테크노 클럽이었다고 한다. 참으로 흥미를 자아내는 공간이 아닐 수 없다. 총이 있고 화약 냄새가 피어오르고 한편에는 술과 마약과 섹스와 기타 등등이 있는 것이다. 히틀러의 그림자가 어른거리는 가운데. 범죄소설적인 요소들이 켜켜이 쌓인 선정적이고 환상적인 공간이라고 할 수 있겠다.

베를린에 가기 전에 이곳에 대해 들었고, 동시에 얼마나 예약하기 힘든지도 들었는데 역시나 이곳에 가지 못하고 서울에 돌아왔다. 베를린을 떠나기 한 달 반 전에 알아보았는데 예약을 할 수가 없었다.

이런 잠룽 보르스 같은 유명한 갤러리는 대개 미테의 아우구스 스트라세에 모여 있다. 이 근처에 있는 쿤스트베르케(일명 KW)는 폐쇄된 마가린 공장을 점거하여 운영하게 된 갤러리라는데, 보물 같은 곳이었다. 전시가 좋고, 갤러리 안에 있는 카페의 음식들도 좋다(카페 음식 같지 않다). 내가 머물렀던 2016년 여름에 베를린에서 했던 베를린 비엔날레의 일부를 이곳에서 볼 수 있었는데, 이곳에서 본 것들이 가장 좋았다(베를린 비엔날레는 KW를 비롯해 떨어져 있는 다섯 군데 공간에서 진행됐다). 베를린 비엔날레를 만든 인물이 KW의 디렉터여서 그런 좋은 전시만 자기네 공간에서 하기로 하고 빼왔는지는 모르겠지만.

KW만큼이나 좋았던 갤러리가 JSC였다. JSC는 크로이츠베르크에서 미테로 가는 길에 있었다. 베를린 비엔날레 기간에 이 갤러리를 다녀왔는데, 나는 JSC가 소장한 컬렉션이 베를린 비엔날레에서 본 것보다 더 좋았다. 베를린 비엔날레를 보기 위해 파리에서 잠시 베를린에 온 미술가 K도 그렇게 말했다. 나는 미술가 K, 그의 지인인 베를린에 체류중인 다른 미술가 J와 함께 베를린 비엔날레 기간의 베를린을 바삐 걸어다녔다.

JSC 갤러리는 율리아 슈토시케 컬렉션의 약자다. 율리아 슈토시케Julia Stoschek는 1975년생으로 미디어 아트 컬렉터다. 율리아는 독일 자동차 부품 회사를 운영하는 브로제라는 기업 사주의 딸로, 브로제는 그녀의 할아버지 이름을 딴 것. 율리아는 2003년 첫 작품을 샀고, 2007년 뒤셀도르프에 (그러니까 첫번째) JSC를 설립한다. 또한 앞에서 말한 KW의 의

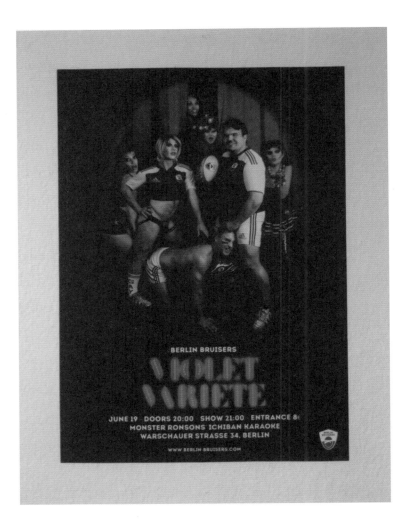

사 결정권자("the member of the board"라는 표현으로 적혀 있다) 중 한 명이다, 라고 위키피디아에서 읽을 수 있었다. 구글에서 그녀의 이름으로 검색하면 발렌티노를 입고 베를린 영화제 포토라인에 서고, 뮌헨에서 열린 DLDDigital, Life, Design 혁신 회의에 참가해서 허핑턴포스트 창업자인 아리아나 허핑턴, 우버 공동 설립자 같은 사람과 같은 연단에서 연설하는 이미지 등을 찾을 수 있다. 그러니까 진짜 '셀럽'(인스타그램에 난무하는 셀럽 놀이를 하는 가짜 셀럽이 아니라)인 것이다. 이 시대의 페기 구겐하임이랄까.

이런 걸 찾아보았던 것은 그만큼 JSC의 작품이 좋았기 때문이다. 그날 나는 5유로인지를 내고 양과 질에 압도되는 미디어 아트들로 눈과 귀를 흔들 수 있었다. 내가 갔을 때는 〈Welt am Draht〉 전이 열리고 있었다.

꼭 기억해야 할 작가를 발견했다. 레이첼 로즈Rachel Rose. 〈A minute ago〉(2014)라는 영상인데 다성적인 사운드와 게임 이미지를 활용한 카메라 워킹, 디지털 기술을 사용한 오버랩과 패치워크로 죽음과 죽음 이후를 표현하고 있었다. 나는 이 작품의 유연한 내러티브와 리드미컬한 편집에 홀려 몇 번이고 이 작품을 다시 보고 싶다는 생각을 했다.

그리고 (나는 몰랐지만) 이미 유명한 히토 슈타이얼Hito Steyerl. JSC에서 나는 10년이 더 지나 화소 수가 떨어지는 그녀의 비디오 작품을 볼 수 있었는데, 상당히 감동적이었다(이 감동에 대해서는 뒷장에서 다시 이야기하기로).

•

다시 베나티엔 갤러리로 돌아와서. 나는 이 특별한 베타니엔에서 2016년 8월에 흥미로운 전시를 봤다. 〈conteS/Xting sport 2016〉(7.9~8.28).

'/'를 어떻게 해석해야 하는지 잠시 고민하다보면 이 전시가 무엇을 하려는 전시인지 감이 오기 시작한다. '콘테스팅'과 '콘텍스팅'으로 읽어야 한다. 스포츠와 운동에 관련된 '콘테스팅'과 '콘텍스팅'이다. 시합과 맥락, 시합의 맥락에 대한 이야기를 하는 전시라고도 할 수 있다.

그런데 가만, 뭔가 이상하다. 콘테스팅? 콘텍스팅? 아무래도 어색하다. 그렇게는 잘 쓰지 않는다. 콘테스트와 콘텍스트가 명사이기 때문이다. 명사에 'ing'를 붙이는 건 문법 너머에 있는 일이다. 문법 파괴라고도 할 수 있고, 시적 허용이라고도 볼 수 있겠다. 문제는 그게 아니라, 왜 그럼에도 불구하고 'ing'를 붙였는가 하는 점이다. '―ing'라는 형태는 동사를 명사로 만들 때나 동사를 현재진행형으로 만들 때 쓰기 때문이다.

나는 이 전시에서 여기서 축구를 하는 여자들, 스케이트보드를 타는 여자들, 무지갯빛 깃발, 트랜스젠더 운동선수, '퀴어 스포츠 위켄드'라는 포스터, 여성이라는 신체적 특성을 부정하며 남자처럼 몸을 키운 여자, 걸 그룹의 댄스를 모방한 춤을 추는 유니폼을 입은 세 남자 등을 보았다. 그리고 있자니 이 전시가 말하려는 것이 무엇인지 알 수 없기 힘들어졌다. 이 전시는 선명한 메시지를 전달하겠다는 목적에 철저한, 그런 유의 전시였다.

그러니까 '운동sports'에 대한 전시를 통해 '운동movement'을 전개하고 있었다. 나는 이 점이 베를린스럽다고 느꼈다. 베를린에서는 게이 페스티벌과 페티시즘 페스티벌 같은 것이 활발하게 진행되고 있고, 그곳에 다녀온 사람들로부터 현장의 활기와 즐거움을 전해 들었다.

베타니엔의 이 전시를 보다보면, 우리가 알고 있는 대부분의 운동이 얼마나 남성 중심적인지, 그리고 우리가 얼마나 남성 중심적인 세계에서 살아왔는지 새삼 자각하게 된다. 축구 유니폼을 입은 세 명의 남자 운동선수가 걸 그룹의 춤을 모방한 춤을 추는 걸 보면서 얼굴이 붉어졌던 건 그런 이유에서다. 직설적인 방식이 민망하기도 하지만 동시에 효과적이기도 한 것이다. 여성과 남성이라는 성性에 대해서, 그 성에 주어졌다고 생각되었던 성역할에 대해서 생각할 수밖에 없는 것이다. 그리고 여성도 남성도 아닌 성이 있다는 것에 대해서도. 여성이었던 사람이 남성이 되길 원할 수도 있고 남성이 여성이 되길 원할 수 있다는 것도, 그러면서 여전히 본래의 성역할을 고수할 수 있다는 것도. 단지 '여성'과 '남성'만으로 분류하기에 인간은 얼마나 복잡하고 서로가 다른지에 대해서도.

전시 안내서에 있는 것처럼 "차별에 도전하기 위해서, 그리고 해방을 고취하기 위해서" 이런 '운동'들은 계속되어야 하는 것이다. '여성해방'이라는 말이 쓸모가 없어질 때까지, 동성결혼이 합법화될 때까지, 우리와 '다른' 사람들도 우리처럼 살 수 있는 권리를 보장받을 수 있을 때까지. 이 당연한 말을 쓰고 있으려니 지루하지만 어쩔 수 없다. 우리가 여전히 당연한 것이 당연하지 않은 사회에 살고 있음을 부정할 수 없기 때문에.

베타니엔 갤러리

나는 베나티엔 갤러리에 있는 레스토랑의 야외에 앉아 K에게 그의 친구 이야기를 들었다. 최근에야 성정체성을 깨닫고—40년이 넘는 부인과의 결혼생활을 정리하고—자유와 방종을 누리면서—한편으로는 곤란과 멸시를 겪고 있는—노년의 한 남자에 대해. K는 맥콜 비슷한 음료를, 나는 라들러를 마시면서 식사가 나오기를 기다렸다.

이 레스토랑은 분위기도 참신하고, 맛도 있고, 가격도 친절하고, 물도 좋았지만, 내가 가장 좋았던 것은 이 레스토랑의 이름이었다. 이 레스토랑의 이름은 세 수녀다.

이 수녀들 덕에 베타니엔 갤러리를 더 좋아하게 되었다는 이야기.

롤
플
레
잉

〈러블리 안드레아〉를 본다. 다시 보고 있다. 바로 앞 장에서 내가 베를린에서 보았다고 한, 화소 수 떨어지는 히토 슈타이얼의 영상 말이다.

나는 이 작품의 제목을 기억하지 못했다. 구글링을 통해 이 작품의 제목이 '러블리 안드레아'라는 것, 그리고 2007년작이라는 걸 알게 되었다. 이 작품을 2016년에 보았으므로, 내 예상과 달리 제작된 지 10년도 되지 않은 작품을 본 것이다.

유튜브에 올라와 있는 그것은 내가 보았던 것보다 더 화질이 떨어지고, 화면 비율도 이상하고, 전체가 아닌 일부에 불과했다. 그러나 여러 번의 복제에 걸쳐 망가진 그 영상이 재생되는 순간 내가 봤던 것들이, 거의 잊힌 그것들이 떠올랐다. 그리고 내가 기억한 것들이 거의 망가져 있었다는 것을 알았다.

앞 장에서 나는 그녀에 대해 이렇게 적었다.

그리고 (나는 몰랐지만) 이미 유명한 히토 슈타이얼Hito Steyerl. JSC에서 나는 10년이 더 지나 화소 수가 떨어지는 그녀의 비디오 작품을 볼 수 있었는데, 상당히 감동적이었다.

원래는 뒤에 몇 문장이 더 있었다. 이것이다.

베를린에서 성공한 미술가(베를린 예술대 교수이기도 하다)가 된 그녀가 일본으로 돌아가 자신의 과거를 찾아가는 내용이다.

과거를 찾는 방식에서 나는 좀 충격을 받았다. 성인물을 취급하는 비디오 대여점 같은 데 가서 자기가 찍었던 시리즈를 그곳의 담당자로 보이는 남자와 함께 찾는다. 그녀는 20대 때 성인잡지의 모델로 일했고 비디오도 찍었던 거다. 그녀의 작업은, 그러니까, 그 과거를, 이런 영상으로, 찍으면서, '커밍아웃'하는 거다. 과거의 자신을 발견한 그녀는 "와, 이게 저예요." "정말 어렸네요." 이런 말을 하면서 깔깔깔 웃는다. 유쾌함과 발랄함이 화면 밖으로 튀어나올 것 같다. 어찌할 줄 모르며 심하게 부끄러워하는 남자의 어색함에 그녀의 청명함이 대비돼서 그 웃음은 청순하게까지 들렸다.

영상 속 영상(그러니까 액자 안의 액자 구성이다!)을 통해 보이는 과거의 히토 슈타이얼은 밧줄에 묶인 채로 공중에 들어올려져 있는데, 현실의 그녀는 너무나 즐거워하고 있는 것이다. 상식이라든가 통념에 따르자면, 그녀는 수치를 느껴야 할 대상이고 피해자인 것인데 그녀는 수치를 수치스럽게 대하지 않음으로써 수치를 수치스럽게 만들고 있는 것이다. (수동적으로) 아웃팅당하지 않고 (능동적으로) 커밍아웃함으로써! 그래서 멋졌고, 통쾌했다.

여기까지 써내려다가 알았다. 이것으로 그녀에 대한 이야기를 마치면 안 된다는 것을.

누가 얘기해달라고 하는 것도 아니지만 말이다. 나를 위해서 정리해 두고 싶었다. 그녀의 작품을 보고 느꼈던 혼란의 감정을. 그래서 위의 단락을 오려내 이 장으로 옮겼던 것이다. 그녀에 대해 더 말할 판을 깔기 위해.

그래서 〈러블리 안드레아〉를 봤다. 다시 봤다.

신나는 리듬의 팝이 배경음악으로 깔리며 "It's a lot"이라는 글자가 보였다가 사라지고 이내 "like life"라는 글자가 나왔다. 나는 여기서 화면을 일시 정지시켰다. 그러고는 그 글자를 옮겨 적었다.

그 문장이 마음에 들었기 때문이다. 이 문장이 해석될 수 있는 세 가지 가능성들 또한. 하나의 문장을 끊어놔서, 그것은 세 가지로 이해될 수 있게 돼버린 거다. "It's a lot"과 "like life"와 "It's a lot like life"로.

적극적으로 의역을 해보자면 이런 뜻이 된다. "그건 많아." "인생을 좋아해봐." "인생과 아주 닮았어." 한국어로 옮겨놓으면 셋 다 어색하기 그지없다. 구어로 쓰기로도 문어로 쓰기로도 이상하다. 그런데 이 이상하고 묘한 문장은 인생에 대해 뭔가를 알고 있다는 느낌을 주고, 그래서 나는 계속 이 부분을 돌려보았던 것이다.

"히토 슈타이얼은 1966년 뮌헨에서 태어난 독일 아티스트다." 이런 그녀의 바이오그래피가 깔리면서 영상이 시작되는데, 그녀가 등장하는 순간부터 내 기억이 잘못되었음을 알았다. 그녀가 찾아간 곳은 성인물 대여점이 아닌 성인물 제작사였다. "SM 스나이퍼, 도쿄 에디토리얼 오피스"라는 자막이 화면에 떴던 것이다. 히토는 20년 전에 본디지물 모델로 일했다고 사무실의 남자들에게 자기를 소개한다.

●

본디지는 결박, 구속, 속박이라는 뜻이지만 그중 하나로 번역하는 건 적절하지 않은 것 같다. 밧줄로 여자를 묶어서 성적 학대를 하는 일종의 사도마조히즘류의 작품을 가리키는 말로 '본디지'와 '본디지물'이라는 말이 범용적으로 쓰이고 있기 때문이다.

'본디지 걸'이라고 자기를 소개한 히토는 20년 전의 자기가 찍힌 사진집 같은 걸 제작사의 남자들한테 내밀며 사람을 찾고 싶다고 한다. 그 사람이 누구냐 하면, 자신을 찍었던 사진가. 사무실 남자들은 당혹스러워하면서도 흥미로워 하고, 그녀의 과거 사진을 보고 바로 그 사진가를 지목해낸다. "다나카 키니치Tanaka Kinichi!" 히토는 시종일관 발랄한데 "와우, 찾았다"라거나 "우린 운이 좋네요, 하하하"라는 식이다. 헐렁한 양복을 입고 나타난 다나카는 과거에 본디지물 전문가였다고 하기에는 뭔가 이질감이 드는 친절하고 소탈해 보이는 더풀더풀한 아저씨였다. 외모의 느낌으로만 보자면 보험회사 관리소장 아니면 아파트의 기계 기술자 같은 느낌이다.

"카메라 돌아가고 있냐?"라고 묻는 다나카상. 그는 꼭 고사상의 돼지 머리처럼 웃고 있는데 그의 머리 위로 빨래 건조대 두 대가 천장에 매달린 채로 흔들리고 있다. 참으로 기이한 장면이 아닐 수 없다.

사람을 매다는 걸 전문으로 하던 사람의 머리 위에서 빨래를 매다는 걸 목적으로 하는 도구가 흔들리고 있는 것이다. 비어 있는 채로. 이 '전직 본디지물 전문가의 머리 위에서 흔들리고 있는 빨래 건조대 두 대'는 내게 이상한 느낌을 불러일으켰다. 연출은 아닌 것 같은데(정말 아닐까?), 우연치고는 너무나 절묘해서 이 비어 있는 빨래 건조대는 그럴싸한 은유이자 상징으로 보였다.

이쯤에서, 히토와 다나카의 대사를 옮겨보겠다.

> 히토 : 나 기억해?
>
> 다나카 : 너 정말 변했다.
>
> 히토 : 모르겠어?
>
> 다나카 : 이 사진은 기억하지만 넌 잘 모르겠다.
>
> 다나카 : 너 지금 뭐해?
>
> 히토 : 퍼포머야 I am a show performer.
>
> 다나카 : 왜 그걸 찾으려고 해?
>
> 히토 : 재미있으니까.

정확하지는 않지만 대충 이런 느낌이었다. 둘 다 모국어가 아닌 영어로 하는 이 대화는 기이하면서 한편으로는 시적인 느낌을 주었다.

특히나 히토가 자신을 '쇼 퍼포머'라고 하는 부분이. 그러고 보면 히토는 20년 전이나 20년 후나 똑같은 '쇼 퍼포머'로 살고 있는 것이다. 과거의 쇼가 다나카에 의해 연출되었다면 현재의 쇼는 히토 자신에 의해 연출된다는 게 다르지만. 그녀는 그걸 분명히 의식하고 있었고, 나는 그 부분에서 감명을 받았다.

나 역시 히토와 비슷한 인생 역정(?)을 겪었기 때문이다. 나는 10년 전에도 글을 썼고, 지금도 글을 쓴다. 과거의 글이 철저히 사용자의 의뢰에 맞춰야 했던 글이라면, 현재의 글은 (비교적) 내가 쓰고 싶은 글이라는 게 다르다. 나는 그때나 지금이나 내가 '라이터'라고 생각한다. 하지만, 이렇게 말할 수 있는 것은 내가 운 좋게도 내 글을 쓸 수 있는 라이터가 되었기 때문이다. 내 글을 쓸 수 있는 라이터가 되어서, 그래서 과거의 나에 대해서도 라이터라고 말할 수 있는 것이다. 히토도 그런 게 아닐까? 그녀와 나를 비할 바가 아니지만 그런 생각이 들었다. 또 정말 다행이라는 생각이 들었다. 그녀와 나 모두. '재미'를 추구하는 인간이 재미를 추구하고 살 수 있게 되어서. 사회가 되었든 단체가 되었든 어쨌거나 그 누구로부터 그래도 된다고 허락을 얻은 것이다.

베를린에서 히토의 영상을 보았을 때는 하지 못했던 생각이다. 그런 생각을 하며 히토의 영상을 보니 이것저것 뜯어볼 수밖에 없었다.

다시 히토의 영상으로 돌아와서. 옛날에도 퍼포머, 현재도 퍼포머인 히토는 다나카 앞에서 자기가 연출과 출연을 모두 하는 '롤플레잉'을 보여준다. '셀프 본디지'라며 스스로를 밧줄로 묶고 누군가가 그 밧줄에 연결된 어떤 끈을 잡아당기자 그녀는 휙 하고 공중으로 들어올려진다.

롤플레잉

벌어진 기모노 자락 사이로 그녀의 살이 보이고, 히토는 공중에서 2007년의 롤플레잉을 한다. 그리고 본디지 걸이었던 그녀가 20년 전에 찍었던 1987년의 롤플레잉과 교차 편집된다. 아마도 이게 그녀의 의도이겠지만, 어떤 게 2007년의 것이고 어떤 게 1987년의 것인지 구분이 잘 안 된다. 그러면서 중간에 방직 공장의 노동자들이 일렬종대로 앉아 재봉틀을 돌리는 장면이나 9·11테러로 지금은 사라진 미국의 쌍둥이 빌딩 사이에 거미줄을 뿌리고 그 줄을 타고 공중을 날아다니는 스파이더맨 애니메이션을 삽입한다. 그리고 또 화면에 날아다니는 글자. "본디지 이지 웍" "웍 이지 본디지".

그러니까 '본디지 걸=방직 공장 노동자=스파이더맨'이라는 메시지를 직접적으로 노출하는 것이다. 사회에서 모든 게 다 구속이라는 말일 것이다.

처음 볼 때 이런 게 불편했던 것 같다. '속박은 일, 일은 속박'이라는 잠언 같은 말은 '우리는 결국 모두 노동자'라는 말을 들을 때의 기분처럼 좀 복잡했고, '그게 그래도 그렇지 않지 않나?'라는 생각이 들었던 것이다. 나는 '나도 노동자'라고 말하는 건축가나 영화감독을 신뢰하지 않기 때문이다. 위선이라고 생각한다. 누군가는 위악보다는 위선이 낫다 말하지만, 나는 여전히 위선이 불편하다. 둘 다 싫지만 그래도 택하라면 위악을 택하게 되는 것이다. 아직까지는.

'It's a lot, it's a lot, it's a lot, like life'. 계속 깔리는 이 노래가 하도 신나서 찾아봤더니 인더스트리얼 록의 선구자로 불리는 영국 그룹 디페쉬 모드의 곡이었다. 노래의 제목은 〈마스터 앤 서번트〉. '주인과 하인'

이라는 노래가 있었다니…… 이럴 땐 음악에 무지한 게 속상하다. 다른 사람들은 노래에서 영감을 곧잘 받기도 한다던데 나로서는 딴 세상 이야기인 것이다. 어쨌거나 내가 히토라고 하더라도 이 노래를 배경음악으로 발탁했을 것 같다. 제목과 가사, 리듬감, 인더스트리얼 록 특유의 노이즈, 이 모든 게 히토의 작의에 부합하는 것이다.

〈러블리 안드레아〉가 2007년 어디에서 전시되었는지 찾아보다가 나는 다시 놀랐다. 2007년 열렸던 12회 카셀 도큐멘타에서였다고 하는데, 나는 거기에 갔던 것이다. 나름 '대단한 결심'을 해서.

최초의 해외여행이었다. 이전에는 이런저런 이유를 들어 한국 밖으로 나가는 걸 꺼렸다. 여행을 좋아하지도 않았고, 대학에 가자마자 유럽으로 몇 달간 배낭여행을 다녀와 기회만 있으면 해외로 나가지 못해 안달하는 두 동생과는 달리 나는 국제선을 타야 할 필연적인 이유를 찾지 못했다. 타국에서의 자유를 맛본 그들은 미국에서 1, 2년 유학했는데 나는 그러고 싶은 마음 또한 전혀 들지 않았다. 영어를 잘하기 위해 미국으로 가는 건 고급 한국어 사용자인 나로서는 뭔가 자존심 상하는 일이었고, 그렇게까지 해서 취직해야 할 대단한 직장 같은 것이 내게는 존재하지 않았다. 그런 수세적인 내가 어찌어찌 마음을 돌려 어딘가로 가려고 결정하면 또 이런저런 이유로 여행을 갈 수 없는 상황이 되어버렸다. 그렇게 가려다 못 간 곳이 방콕과 치앙마이, 나오시마와 가루이자와다.

2007년, 나는 베니스 비엔날레와 카셀 도큐멘타와 뮌스터 조각 프로젝트를 보기 위해 독일과 이탈리아에 갔었다. 2007년은 2년에 한 번 열리는 베니스 비엔날레와 5년에 한 번 열리는 카셀 도큐멘타와 10년에 한 번 열리는 뮌스터 조각 프로젝트가 모두 열리는 해였고, 그것을 알게 된 나는 긴 휴가를 내지 않을 수 없었다.

그러느라 엄청난 스트레스를 받았다. 일을 몰아서 했고, 상사와 동료의 눈치를 봐야 했으며, 무엇보다 여행 가방을 싸는 일이 가장 고됐다. 무엇을 넣고 무엇을 빼야 하는지 감을 잡을 수 없었고, 내 일상을 여행 가방 두 개로 압축하는 건 세상에서 가장 어려운 일로 여겨졌으며, 이 일을 하기 싫어 내내 회피하다가 결국 가는 날 새벽에 짐을 쌌다. 출발하는 날에는 여권인가를 두고 와서 다시 집으로 되돌아갔다 와야 했다.

열흘쯤 되는 기간 동안 엄청나게 많은 작품을 눈으로 훑었는데, 이 히토의 작품은 전혀 본 기억이 없다. 내가 2007년의 카셀에서 기억하는 것은, 실제 크기로 만들어놓은 기린 조형물과 붓글씨 퍼포먼스를 하던 중국인 예술가와 양귀비밭(이것도 작품이다) 정도다. 그렇다. 나로서는 무리를 해서 간 여행이었는데, 나란 사람이 그렇다.

전시나 작품을 뚫어지게 보는 건 내 스타일이 아니다. 나는 휙휙 걸으며 마음에 든 몇 개를 보고, 아트 숍에서 천 가방(당시에는 '에코백'이라는 말이 없었다)이나 문구류 같은 걸 사고, 미술관 카페에 죽치고 앉아 사람들을 본다.

그 도시의 멋진 것과 멋진 사람들이 거기에 있다. 물론, 보편적인 멋짐이 아니라 내가 생각하는 멋짐과 멋진 사람들이다. 나는 그들의 미감을 훔쳐보고 그들의 욕망을 느끼고 그들의 흥분에 동조하기도 하면서, 그들 역시 나처럼 남들을 보지 않는 것처럼 행동하며 보고 있는 것을 느낀다. 타인을 관찰하고 타인에게 동시에 관찰 대상이 되어주는 거다. 일종의 '롤플레잉'이다.

뭔가 공평한 느낌을 주는 세계다. 평소 사람을 관찰하는 것을 좋아하는 나로서는 나의 관찰이 일방적인 것 같아서 뭔가 미안한 마음이 들기도 하는데 이런 공간에서는 그런 죄책감을 느끼지 않아도 되는 것이다.

·

2007년 이탈리아와 독일을 같이 여행했던 파트너와 10년 후에 다시 이탈리아와 독일에 가자고 약속했었다. 베니스 비엔날레와 카셀 도큐멘타와 뮌스터 조각 프로젝트를 보기 위해. 그리고 그때처럼 뒤셀도르프에도 들르자고. 그 '10년 후'라는 게 올해다. 지금은 2017년이고, 나는 어느새 10년을 지나온 것이다. 그 10년 사이에 많은 일이 있었다. 헤어질 수 없을 것 같던 사람과 헤어졌고, 새로운 인연들과 만나거나 스쳤고, 실직과 구직을 했고, 작가가 되고 싶던 나는 작가가 되었다. 그래서 지금 이 글도 쓰고 있다.

하지만 우리의 약속은 지켜지지 않을 것 같다. 지금으로선 올해 이탈리아와 독일에 2007년의 파트너와 함께 갈 만한 '각'이 나오질 않는다. 가더라도 각자 가거나 다른 사람과 가게 될 것 같다. 이걸 둘 다 알고 있고, 어쩔 수 없다고 생각한다. 언제나 가장 중요한 것은 '생업'이니까. 하지만 우리에겐 다시 10년 후가 있다. 2027년.

2027년의 나는 또 2017년부터 2027년에 이르기까지의 기간을 어떤

식으로 요약하게 될 것인가. 궁금하기도 하고 무섭기도 하다. 롤플레잉
을 잘해야 할 것인데.

나
의

토
마
스
만

베를린에 있는 동안 가장 많이 들었던 말은 이런 거였다. 주말에는 비행기 표가 정말 싸니 뮌헨이나 취리히나 코펜하겐 같은 곳에 '후딱' 다녀오라고. 5만 원짜리도 있다고 했었나? 이 말을 분명 새겨듣긴 했는데⋯⋯

이런 행복한 상황은 나와는 인연이 없다. 말도 안 되게 싼 비행기 표를 구해본 적도 없고, 경품 이벤트 같은 것에도 당첨된 적이 없다. 그래도 별로 억울하지 않은 것이 나는 그런 운을 얻을 만한 노력을 한 적이 없기 때문이다. 개인 정보가 노출되는 게 싫어서 경품 이벤트는 거의 응모하지 않으며, 몇 달 전부터 여행 계획을 세우는 일이 나로서는 거의 없고 그러니 티케팅도 미리 할 수 없는 것이다. 여기까지 적다가, 내가 예외적으로 응모했던 경품 이벤트 하나가 떠올랐다.

어떤 백화점이 개관을 하며 걸었던 이벤트였는데, 무려 '하늘을 나는 자동차'가 경품이었다. 내가 아는 하늘을 나는 자동차라고는 꽃향기를 맡으면 힘이 나는 꼬마 자동차 붕붕 정도인 것인데…… 정말이지 입이 딱 벌어졌다. 지금으로서도 하늘을 나는 자동차는 비현실적으로 다가오는데, 그 경품이 걸렸던 시기는 한 5년 전쯤이었다(더 되었을 수도 있다).

나는 내 눈을 의심할 수밖에 없었고, 이 글을 쓰는 지금으로서도 내가 본 게 과연 실제 상황이었는지 여전히 확신이 잘 가지 않는다. 어쨌거나 궁금한 건 참지 못하는 나로서는 대체 그 자동차가 어떤 자동찬지 제원이나 제조사 같은 걸 궁금해하며 여기저기 들어가보았지만 그 '하늘을 나는 자동차'의 실체는 파악하지 못했다.

그러니 그 경품 이벤트에 당첨되어야 했다. 내가 아니더라도 내가 아는 사람이. 그래서 친구와 지인 등에게 그 이벤트에 응모해보라고, 당첨이 되면 한번 그 자동차를 태워달라고 했었다. 나는 나보다는 내가 아는 사람이 당첨되길 바랐다. 나에게는 그 거창한 자동차를 수납할 차고도 없고, 보나마나 어마어마할 게 틀림없을 주유 비용과 관리 비용, 정비 비용을 감당할 능력이 없었으니까. 그에 앞서, 그 자동차를 수령하게 되면 내야 할 세금도 없었다.

다행히 그 이벤트에는 당첨이 되지 않아서 내가 걱정했던 문제들을 해결하지 않아도 됐다. 그러나 여전히 그 하늘을 나는 자동차는 내 머리 어딘가에 방 하나를 차지하고 있다.

·

"요행이란 그리 쉽게 얻어지지 않는다"라고 생각하면서도 사람 마음이란 건 참으로 간사해서 요행을 바라게 되는 거다. '어떤 말도 안 되게 싼 표가 나한테 뚝 떨어지지 않을까?'라고 생각하며 저가 티켓 사이트를 뒤졌다. '미리미리'도 아니었으면서 '혹시 모르지' 하며 요행을 바라는 마음으로. 그러다 진이 빠져서는 또 이런 탄식을 했던 거다. 대체 그런 싼 표는 누가 구하는 거지?

참패했다. 눈과 손목에 고통만 안기고는, 결국은 여행사로 갔다.

뤼벡에 가면서는 왕복 기차표를 사는 데 150유로를 더 지불했고, 갑자기(출발하기 3일 전에) 파리에 가게 되면서 비행기 표를 400유로나 더 주고 끊었다.

그리고 지독한 회의감이 남았다. 그것을 비싸게(혹은 제 돈을 주고) 사기 전까지 의미 없는 고행을 했던 거다. 평소 잘도 흘려보내던 내 시간이 이럴 때는 아주 소중하게 느껴지고, 내가 그 헛짓거리를 해서 얻은 정신적 피로감은 무엇으로도 보상받을 수 없을 것만 같은 생각이 든다. 누군가가 세상에서 그냥 일어나는 일은 아무것도 없으며, 다 그럴 법해서 일이 그렇게 벌어진 거라는, 모든 게 다 의미가 있다는 종교적인 세계관을 들이밀며 말한다면 그 사람을 다시 보고 싶지 않을 것만 같다. 나한테 가까운 사람이면 사람일수록.

·

어쨌거나, 뤼벡에 다녀왔다. 독일에 세 달간 머무르면서 한 유일한 기차 여행이었다. 튀빙엔과 드레스덴에도 다녀왔지만, 튀빙엔은 비행기로, 드레스덴은 차로 갔다 왔다.

베를린에 머물면서 가고 싶다고 생각한 도시는 딱 두 곳이었다. 뤼벡과 드레스덴. 사람들은 뮌헨과 프라하를 추천했지만, 당시의 나로서는 와닿지 않았다. '뮌헨에는 거리에도 금칠이 되어 있다'라는 언젠가 들은 말이 기억에 남아서인지 그곳의 과시적인 번쩍번쩍함에 마음이 가지 않았다. (뮌헨이 속해 있는) 바바리아 지방이 개인적으로 끌리지 않고, 그 지방 전통의상인 레더호젠이 마음에 들지 않는다는 이유도 들 수 있겠다. 그리고 프라하에 대해서는 어떻게 형성된 편견인지는 모르겠지만, 기괴함을 키치스럽게 전시해놓은 테마파크 같을 거라는 생각이 들었다. 또 나는 프라하가 자랑하는 작가라고 할 수 있는 카프카를 좋아하지 않는다. 이게 프라하에 가지 않은 결정적인 이유일 수도 있겠다는 생각이 이제야 든다.

카프카를 좋아했다면 달라졌을지도 모른다. 프라하를 걸으면서 카프카 소설에서 나왔던 거리와 광장의 이미지를 찾아보려고 했을 수도 있다. 하지만, 나는 카프카에게는 마음이 가지 않는 거다. 헤밍웨이나 찰스 디킨스나 조지 오웰에 마음이 가지 않는 것처럼.

"어떻게 카프카를 좋아하지 않을 수 있지?"라고 누군가가 묻는다면 할말이 없다. 찾아보자면 할말이 없지도 않겠지만 카프카를 좋아할 게 분명한 그 사람한테 그런 말을 할 필요를 느끼지 못한다. 왜냐하면 나 역시 누군가가 내가 좋아하는 작가에 대해 좋지 않게 하는 말을 듣고 싶지 않기 때문이다. 그래도 그 사람이 그 말을 한다면 아마 나는 발끈할 것이 분명한데, 그러고 나면 며칠 동안 기분이 좋지 않을 것이다.

그러면, 글을 쓰지 못한다. 글을 쓰지 못하면 기분이 좋지 않을 것이고, 기분이 좋지 않으므로 글을 여전히 못 쓸 것이고, 그렇기 때문에 기분이 계속해서 좋지 않아지는 그런 순환 반복의 상태가 지속되는 것이다. 그런 상태가 되면, 그로부터 벗어나기 위해서 필사적으로 애써야 한다. 애쓰더라도 잘되지 않는다.

그런 식으로 필사적이 되고 싶지 않고, 애쓰지 않고 싶기 때문에 나는 평정심을 유지하기 위해 애쓴다. 내가 얼마나 감정적인 사람인지 잘 알고 있고, 얼마나 쉽게 그 감정이 흔들릴 수 있는 나약한 사람인지도 잘 알고 있다. 또한 사람의 감정이라는 것이 그 사람의 의지나 통제에 따라 조절되지 않는다는 것을 알고 있기 때문에 나는 내 감정을 살살 달래가며 살아가고 있다.

그런 게 되지 않았을 때 나는 정말이지 엉망으로 살았다. 내 감정의 노예가 되어 질질 끌려다녔고, 책을 한 줄 읽지도 못했고, 산책을 하지도 않았다.

그 상태를 간신히, 간신히 벗어나 글을 쓰기 시작했다. 한 문장을 적었고, 또 한 문장을 적었고, 계속해서 썼다. 글을 읽기 시작했을 때부터 품었던 소망, 내가 하고 싶었던 유일한 일인 소설가가 되기 위해서. 계속 쓸 수 있기 위해 운동을 시작했다. 나로서는 난생처음이었고, 그전까지 운동은 내가 세상에서 가장 증오(정말 그렇다)하는 일이었다. 나는 여전히 운동을 하고 있다.

누가 알려준 게 아니다. 매일같이 글을 쓰다보니 저절로 알게 되었고, 알게 되었으니 그리하지 않을 수 없었다. 막 살아온 시간에 대한 반성과 반동의 일환으로써.

그래서 그렇게 살고 있다. 내 감정에 아부하면서. '나 좀 잘 봐줘, 제발, 응?' 거의 이런 자세라고도 할 수 있다.

글을 쓰기 위해서이다. 제대로 된 글을. 마음을 움직이거나 하다못해 마음을 건드리는.

내 마음의 평정을 유지해야 읽는 사람의 마음을 흥분시키는 글을 쓸 수 있다고 생각한다. 마음의 평정을 유지하기 위해서는 자제력과 규칙과 질서가 필요하고, 나는 내가 그렇게 지속적으로 단조롭게 살아야만 평생 글을 쓸 수 있는 마음을 유지할 수 있다는 걸 알고 있다.

●

내 마음을 마구 뒤흔들었던 작가 중의 하나가 토마스 만이다. 뤼벡은 토마스 만이 태어나 자랄 때까지 살았던 곳이고, 토마스 만의 소설에는 뤼벡으로 추정되는 곳이 많이도 나온다. 그러니 나로서는 뤼벡에 가고 싶은 마음이 간절했다.

앞에서도 말했듯이 뮌헨과 프라하에 가보라는 말을 들을수록 반동 심리에선지 뤼벡에 가고 싶어졌다. 한 군데 더 가고 싶은 곳이 있었으니, 그곳은 드레스덴이었고. 왜 그랬을까? 그 끌림을 단 몇 마디로 정리하기는 어렵지만 그래도 정리하자면 뭐 이런 거였다. 뤼벡☞토마스 만, 드레스덴☞파괴된 바로크.

어쩌다 두 곳 다 가게 되었고, 두 곳 다 좋았지만, 뤼벡은 정말이지 기

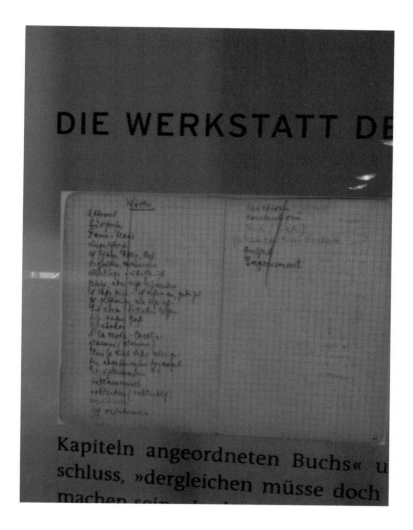

넘할 만한 곳이었다. 왜냐하면 여행지 자체에서 그런 강렬한 감정을 느낀 적은 한 번도 없었기 때문이다. 여행의 경험이 풍부하다고 결코 말할 수 없는 처지이므로 모집단이 극히 한정적이라는 문제가 있긴 하지만. 정신을 차리고 보니 "아, 아" 이런 소리를 입 밖으로 내고 있던 것이다.

뤼벡이라는 도시로 진입하고 있다고 인지한 순간 느껴지던 그 떨림을 어떻게 설명할 수 있을까? 철골과 스테인드글라스로 된 뤼벡 중앙역을 본 순간부터였는지, 아님 역 밖으로 나와 그 오래된 도시를 바라보던 순간, 그러니까 갈색 벽돌과 산화되어 에메랄드색으로 변해버린 뾰족한 박공지붕으로 이루어진 도시를 봤을 때부터였는지 모르겠다.

걸음을 걷기가 어려웠다. 눈을 뗄 수 없었고, 발을 뗄 수 없어서. 심박수 증가, 심장 통증, 무릎 풀림, 현기증 같은 증상이 동반되었고. 이제와 생각해보면, 이게 '스탕달 신드롬'인가 싶다. 그림이나 책을 보고 그랬던 적은 있지만 도시를 보고 그런 적은 없었다. 그것도 이렇게 즉각적이고 강렬한 육체적 반응을. 동행인 C선생님—더군다나 독문학자—께 부끄러웠지만 어쩔 수 없었다. 나는 그런 흥분을 감출 만한 자제력을 발휘할 수 없었고, 그래서 호들갑을 떨었고, 바로 그게 뤼벡에서의 나였다.

첫 코스라고 할 만한 곳은 홀스테인 성문이었는데, 기이했다. 육중하고 견고하고 터프한가 싶었는데, 다가갈수록 우아하고 섬려하고 연약하게 보였다. 이상해서 계속 볼 수밖에 없었는데, 나만 그런 게 아니었는지 C선생님은 물었다. "저거 기운 건가요?" "글쎄요." "착시일까요?" "글쎄요." ('글쎄'라고 말할 수밖에 없던 것은 내 상태가 정상이 아니라는 걸 느끼고 있었기 때문.)

성문 앞에는 또 창고로 보이는 것들이 있었는데 창고라고 하기에는 너무 아름답게 지어져서 창고라고 믿기가 어려웠다. 그래서 또 '창고일까, 아닐까'의 대화를 잠시 했다. 이제는 안다. 대칭되는 두 개의 탑으로 이루어진 이 성문이 제 무게를 이기지 못해 기울고 있다는 것을. 그리고 성문 앞의 그것은 창고가 맞으며, 그 창고에는 뤼네부르크산 소금을 저장했고, 그 소금은 뤼벡을 부유하게 만들어주어 '백금'으로 불렸다고.

동화 같은 이야기다. 그러니까 나는 여기서 아이가 되었던 것이다. 여기는 동화의 세계였고, 아이는 동화에 빠질 수밖에 없는 법. 홀슈테인 성문을 지나 시내로 진입하자 어디선가 새소리가 들렸다. 그렇게 우는 새가 어떤 새인지 궁금했으므로 새소리의 근원을 찾기 시작했다. 참새와 제비 정도만 구분할 수 있는 처지라 새를 본다고 해도 뭔지 알 수 없으면서. 그런데…… 새는 없고 새 상인만 있었다.

무슨 말이냐 하면, 그 상인은 새가 아니라 새소리를 팔고 있었다. 손수 나무를 깎고 물감을 칠해 만들었다는 새 피리가 상인의 열린 가방 틈으로 보였다. 새 상인이 피리를 불 때마다 그의 손끝에서 새로운 새가 날아올랐다. 나는 어설프고 약해 보이는, 하얀 몸통에 잭슨 폴록 식으로 물감을 뿌려놓은 피리를 골랐다.

옆에는 성마리엔 교회가 있었는데, 100년에 걸쳐 지어졌다는 이 고딕 양식 교회의 상징은 부서진 종이었다. 이 아름다운 도시도 2차 세계대전 때 폐허가 되었던 것. 교회가 불탔고, 이 교회의 종이 떨어져 부서졌다. 교회 한편에는 그 부서진 종을, 부서진 상태로 보존하고 있었다. 그 거대한 부서짐의 흔적을 간직한 교회에서 나는 그 부서짐 이전의 흔적을 또 발견했다.

파이프오르간과 바흐. 여기에는 이 교회의 웅장함에 걸맞은 파이프오르간이 있는데, 한때 이곳의 연주자가 바흐였다. 유명해지기 이전, 젊은 날의 바흐. 1705년, 성마리엔 교회의 오르간 연주자 북스테후데와 이 파이프오르간을 만나기 위해 바흐는 400킬로미터를 걸어와 뤼벡에 머무른다. 그리고 감격한 바흐는 늦게 돌아가 직장에서 잘린다.

한때 직장에 다니기 위해 매일같이 120킬로미터를 운전한 적이 있던 나는 귀환하던 바흐의 400킬로미터에 대해 생각했다. 잘리기 위해 400킬로미터를 걸어갔던 무명의 바흐에 대해. 격정과 걱정이 뒤섞였을 그의 귀환길에 대해.

그리고 드디어 토마스 만의 생가에 만든 토마스 만 기념관에 갔다. 토마스 만의 형인 하인리히 만의 기념관이기도 한다. 하지만 하인리히 만에 대해서는 거의 읽은 적이 없는 내게 이곳은 토마스 만 기념관일 뿐이었다.

1층은 티켓 하우스 겸 기념품 상점으로 쓰이고 있었는데, 거기에는 내가 '토마스 만 기념관에서 팔지 않을까?'라고 생각했던 그 물건이 있었다. 바로, '마리아 만치니'라는 시가 상자. 이걸 발견한 나는 기분이 너무 좋아서 C선생님께 이렇게 말했던 거다.

"아, 이게요. 『마의 산』에서 한스 카스트로프가 애지중지하는 시가예요."

『마의 산』의 주인공인 한스가 마리아 만치니를 피우는 습관과 빛이 들지 않는 지하실을 마리아 만치니의 저장고로 쓰고 있다는 소설의 디테일을 생각하며 나는 감격에 젖었다. 그러고는 마리아 만치니(정확하게 는 '마리아 만치니 케이스')를 들었다 놨다 여러 번 했다. 분명히 그걸 사 가면 내 집에서는 귀중히 모셔지지 않고 여기저기 굴러다니며 먼지만 뒤집어쓰게 되리라는 걸 알았기 때문에.

그리워하게 될 걸 알았지만 사지 않았다. 대신, 뤼벡 특유의 검거나 붉 은 벽돌을 모사해 만든 비닐 가방을 샀다. 프라이탁을 만드는 것 같은 빳 빳한 방수비닐 소재로 된 가방은 조금씩 달라서 어느 것을 사야 하는지 또 한참을 고민하다가 하나를 겨우 골랐다.

그렇게 1층에서 헤매다가 겨우 2층으로 올라갔다. 만 일가가 사용하 던 응접실을 재현해놓은 코너가 있었는데 얼마나 비슷한지는 알 수 없 다. 내 관심을 끈 것은, 습작 시절의 토마스 만이 영향을 받은 작가들의 사진과 이름을 현판으로 만들어놓은 것이었다.

하이네, 니체, 폴 부르제, 폰타네, 슈토름, 톨스토이, 에밀 졸라, 괴테가 거기 있었다. 나는 그 면면들을 보며 기분이 복잡해졌는데, 내가 좋아하 는 작가에 대해서는 '역시!'라며 고개를 끄덕였으나 잘 납득이 되지 않 는 작가들에 대해서는 어떤 입장을 취해야 할지 알 수 없었던 거다. 다른 사람이 좋아한다고 한다면 그러거나 말거나 했겠지만, 토마스 만이, 나 의 토마스 만이 그랬기 때문에 흘려들을 수가 없었다.

이 글을 쓰는 지금은 입장을 정했다. 다시 읽어보겠다고. 토마스 만이 그렇게 말했다면 이유가 있겠거니라고 생각하게 되는 거다. 역시, 내가 좋아하는 사람만이 나한테 영향을 줄 수 있다!

토마스 만의 장편소설 『부덴브로크 가의 사람들』의 배경이 뤼벡이라는 것, 그러니까 '부덴브로크=뤼벡'이라는 사실은 잘 알려져 있는데 기념관에는 소설의 배경을 현실의 뤼벡에 대입해놓은 관광지도 같은 것이 있다.

네 번쯤 읽은 이 소설을 다시 읽고, 다시 뤼벡에 와 이 지도를 들고 뤼벡을 걸어야겠다는 생각을 했다. '품위 있고 훌륭하지만, 아주 훌륭하지만 진부한 도시'라고 토마스 만이 말했던 이 도시를. 이런 말을 할 수 있는 건, 그가 품위 있지만은 않고 진부하지 않은 사람이라는 반증이라고 생각한다. 자기가 나고 자란 이 아름다운 도시를 뜯어먹으며 소설을 썼지만 이런 말을 하는 사람, 그런 사람이 작가고. 뤼벡을 걸으며, 내가 소설을 읽을 줄 아는 사람이라서, 그것도 토마스 만을 느낄 수 있는 사람이라서 정말 다행이라 생각했다.

•

내가 뤼벡에 대해 궁금한 건 몇 가지가 더 있었는데, 뤼벡이 한자Hansa 도시였다는 것이었다. 중세 독일 상인들의 조합인 한자동맹의 그 한자. 뤼벡은 그 한자동맹의 중심이어서 '한자동맹의 여왕'으로 불렸고, 독일뿐만 아니라 북유럽 국가들 사이의 해상무역 중심지였다. 그러니까 '그냥' 한자 도시도 아니고 무려 '한자 도시의 여왕'으로 불린 도시.

'대체 한자 도시가 뭐길래 그렇게 과거의 영광을 칭송하는 거지?'라고 생각했던 나는 뤼벡에 도착하자마자 직관적으로 알 수 있었다. 이 도시가 과거 얼마나 부와 영예의 축복을 누렸는지. 그 부와 영예로부터 이

뤄낸 문화적 기운이 지금은 쇠락한 이 도시를 감싸고 있는 게 더할 나위 없이 '문학적'이라고 생각되었고. 그건 마치 내가 토마스 만의 『부덴브로크 가의 사람들』의 배경 속을 걸어다니는 흥취를 주었던 것이다. 정말 그랬다. 술을 마신 것도 아닌데 술을 마시고 내가 좋아하는 사람과 함께 길을 걷는 느낌을 주었다.

늦은 점심을 했던 식당도 나의 뤼벡 애호증을 강화시키는 데 한몫을 했다. 우리가 옛 선원조합의 건물이었다는 그 식당으로 들어갔을 때 느껴지던 시간의 먼지와 습기, 소금 냄새 같은 것들에 마음을 뺏겼고, 이름도 낯선 찬더Zander라는 생선을 먹고는 기쁜 마음을 진정시키기 위해 한 손으로 가슴을 눌러야 했다.

그때 비단 조끼를 입은 노인에 가까운 남자가 긴 막대기를 들고 등장하더니 촛대가 20개쯤 달린 샹들리에에 일일이 불을 켜기 시작했다. 촛불이 하나씩 켜질 때마다 우리의 얼굴은 환해졌고, 그 남자는 촛불에 불을 붙이는 중간 중간 우리와 미소를 교환했다. 나는 우리 말고 아무도 없던 그 식당에서 우리만을 위해 그런 일을 해준다는 게, 그리고 성가실 수 있는 옛 방식을 고수하는 그 식당의 운영 모토가 참으로 귀하게 여겨졌다.

남자가 촛불을 밝히는 긴 막대는 보면 볼수록 밤 딸 때 쓰던 막대와 비슷해 보였다. 가시 돋친 밤송이가 하늘에서 떨어지던 순간이 기억났다.

•

토마스 만은 스위스의 취리히에서 죽었다. 그러니 무덤은 취리히에 있다. 젊은 시절 뮌헨으로 이주해 문학적 영예를 누렸고, 바이로트의 황금 호텔이라는 곳에는 토마스 만이 머물렀던 방이 있다고 한다. 스위스의 발트 호텔에도 토마스 만 기념관이 있고, 리투아니아의 한 섬에도 그의 기념관이 있다고 한다. 그리고 최근의 기사에서 독일 정부가 로스앤젤레스에 있는 토마스 만이 살던 집을 1500만 달러인가를 주고 매입했다는 기사를 읽었다. 이 건물은 신진 작가들의 레지던스로 사용될 예정이라고 한다.

토마스 만이 이쪽으로 와보라고 손짓하는 느낌이다.

나무와 무당벌레와 숙녀

K가 어느 날 좋은 생각이 있다고 문자를 보내왔다. 드레스덴과 마이센 인근의 도시에서 프로이트 학술대회를 하는데 거기에 갈 예정이라고, 혹시 드레스덴과 마이센에 관심이 있다면 같이 가지 않겠느냐는 제안이었다. '은형'이 관심 있다면, 나도 드레스덴과 마이센을 여행하고 싶다고, 독일 사람이긴 하지만 부끄럽게도 그곳을 '탐험'해보지 못했다며.

탐험. 그는 내게 어디에 가보지 않겠느냐고 제안할 때 거의 'explorations'이라는 단어를 썼다. 한국말로 익스플로레이션을 뭐라고 해요? 탐험이요. 탐험? 탐험. 탐험? 타암허엄. 아, 알았어요. 우리는 이런 대화를 하곤 했는데, 그는 다시 제안을 할 때 또 '익스플로레이션'을 사용했다.

K는 1박 2일 정도의 일정이 어떻겠냐며. 원한다면 2박 3일도 좋고, 당일에 베를린에 돌아오는 것도 좋다고 했다. 숙박은, 자신이 아는 대학 기숙사 같은 곳에 저렴한 가격으로 묵을 수 있다고 했다. 원한다면, 드레스덴에 있는 특급 호텔에 묵을 수도 있다고 했다. 내가 원하는 대로 할 수

있다고 했다.

나는 좋다고 문자를 보냈고, K는 그날 오후에 만나서 이야기하자고 했다. 우리는 뤼데스하이머 플라츠 광장에서 만나기로 했다. 뤼데스하이머 플라츠 광장에서는 와인 페스티벌을 하고 있었고, 나는 거기에 한번 가고 싶다고 생각했던 차였다.

말이 '와인 페스티벌'이지 그냥 노천카페에서 와인을 팔고 사람들은 집에서 싸오거나 근처에서 사온 음식들과 와인을 먹는 게 다다. 하지만 연구소를 뮌헨으로 오가는 길에 있는 그곳을 지나며 사람들이 그렇게 앉아서 여유를 즐기는 것을 보며 내심 부러웠던 거다. 나 혼자 거기 앉아 먹어도 되겠으나, '와인 페스티벌에서 홀로 앉아 와인을 마신다' 라는 건 좀 그랬다. 바라면 혼자 가는 게 별로 부담스럽지 않다. 동네 치킨집에도 혼자 가서 전기구이 한 마리를 시켜 맥주를 마신 적도 있다. 아무래도 나는 좀 멋대로인 사람이니까. 그런데 왜 거기에 혼자 가는 건 내키지 않았을까?

소박한 축제이기는 하나 그래도 흥성거리는 분위기가 있었기 때문에 그랬던 게 아닐까 싶다. 풀어진 사람들 속에서 혼자 완고하게 앉아 있기도 어색하고, 혼자 흥에 취해서 놀 정도의 대담함도 내게는 없으니까.

나는 K 덕에 앉아 있고 싶던 그 광장에 잠시 앉을 수 있었다. 영국에서 (거시경제였는지 미시경제였는지) 경영학을 공부한 K는 전직 외교관으로 첫 직장은 UN이었고, (이런 말이 있는지 모르겠지만) 비영리 정치지구에서도 일했고, 일본 아오야마 가쿠슈인 대학에서 교수로도 일했고, 한국에서도 5년인가 일했다. 그 당시에는 한 난민 가족이 베를린에 정착하

는 걸 돕고 있었고, 가끔 무슨 정치 심포지엄 같은 데 패널로 참여하곤
했다. 나와 함께 차로 이동하는 중에 여기저기서 전화가 걸려왔고, 나는
어쩔 수 없이 그의 일과와 과거와 일들에 대해 알게 되었던 것이다. 그는
상당히 많은 나라와 도시들을 경험했고, 세계 각지에 친구가 있어서 내
가 들은 K의 친구가 사는 지역만 해도 홍콩, 칠레, 콩고 등등이었고, 그
의 넓은 집에는 여러 대륙에서 가져온 토산품과 골동품과 미술품 같은
것들이 여기저기에 있었다.

　우리가 처음 만난 곳은 서울이었다. 서울에 그가 왔을 때 그의 지인인
C가 내가 곧 베를린에 가게 될 것을 알고 나서 베를린에 살고 있는 K를
소개시켜주었던 것이다. C와 K는 둘 다 영국의 한 대학교를 졸업했다
(같은 시기에 다니지는 않았다고)는 이유로 서로를 '선배님'과 '후배님'
으로 부르고 있었다. 또 나는 한때 베를린에 머무르며 술친구로 지내다
한국에서도 그 우정을 이어가고 있는 C와 S에게 일종의 '베를린 특훈'
을 받기도 했다. 술집에서 술을 마시다가, 안주를 먹다가, 중간 중간 S소
설가와 C선생님이 "아, 거기도 가봐요!"라며 키워드를 던져주면 나는 다
이어리를 펴서 옮겨 적었다.

　C의 제안에 따라 우리(K와 C와 나)는 K가 묵던 광화문 호텔 로비에서
만나 택시를 타고 손기정 기념관에 갔다. 가면서도 나는 좀 당황스러웠
다. '베를린 올림픽에서 우승한 손기정 기념관을 베를린에서 온 사람과
가는 게 얼마나 뜻깊은 일인가?'라는 게 선생님의 뜻이라는 걸 알았지
만, 그 취지에 내가 동참하고 있다는 것이. 나처럼 제멋대로 살아온 사람
은 아무래도 교훈, 계몽, 실용, 감동 등등의 세계 앞에서 머쓱해지고 마

는 것이다.

'착하기도 싫다, 모범적인 건 더 싫다'가 나의 오랜 모토였던 것 같다. 착한 사람 앞에서 어쩔 수 없이 마음이 연해지고 모범적인 사람한테 감동하기도 하지만, 내가 그러고 싶지는 않았다. 더 솔직히 말하면, '내가 한다고 해도 할 수 없다'가 더 맞을 것이다. 나는 내가 아무리 애쓴다고 해도 착하거나 모범적인 사람이 될 수 없으리라는 걸 알았고, 아주 일찍이 알았고, 그래서 나름 나의 노선을 정해왔던 것이다.

'내게 소질이 없는 세계를 강요하지 말아줄래? 계속 그런다면 내가 너를 거부하겠어'라고. '안 착할래, 안 모범적일래'라고. 그런 내게 가장 무서웠던 말은 이거였다. "은형이는 착한 아이지?"

바로 내 이모가 하는 말이었다. 이모는 나를 볼 때마다 이 말을 하곤 했다. 아주 모범적인 사람으로 살아왔고, 그래서 '모범적인 사람'이 되는 걸 인생의 가장 소중한 가치라고 생각하는 사람인 이모의 캐릭터로 짐작하건대, 이 말은 일종의 주문이었을 것이다. '너는 훌륭한 사람이 될 수 있어'라는. 하지만 착하지 않은 나로서는 그 말이 '너 그렇게 못돼서 어떻게 할래?'라든가 '엄마 말 잘 들어야지'라는 급수가 높은 비난으로 여겨졌던 것이다.

이상한 것은, 그렇게도 무섭게 느껴졌던 이모의 그 말이 그립다는 것이다. 이모는 나이들었고, 나도 나이들었다. 그래서 착한 아이가 되라는 말을 더이상 들을 수 없다. 대신 이모는 나한테 이렇게 말한다. "우리 대단한 조카." 대단은커녕 변변찮은 나로서는 이 말을 들을 때마다 뭐라 할 말이 없다. '아'도 아니고 '하'도 아닌 말을 단속적으로 반복할 뿐이다.

얼마 지나지 않으면, 나는 또 "우리 대단한 조카"라는 말을 그리워하게 될 것이고, "은형이는 착한 아이지?"라는 말도 그리워하게 될 것이다. 그러면서 영원히 착한 아이가 될 수 없는 나에 대해, 인생에 대해, 인생의 비극과 희극에 대해 생각하게 될 것이다. 죽어 내 옆에 없는 사람과 역시 지나가버린 나의 중년과 유년을 그리워하게 될 것이다. 그러면 좀 좋은 작가가 될 수 있을까? 역시, 난, 나쁘다.

•

손기정 기념관에 가기 위해 우리는 택시를 타고 서울역 뒷길을 달렸다. 이날 택시 기사님은 옥상정원인지 뭔지를 만들겠다는 선심성 대책으로 길을 이렇게 막히게 만들었다며 현 서울시장을 비판했다. K가 알고 싶어하자 C가 통역했는데, 중간에 기사님이 K에게 직접 영어로 말하기도 했다.

가만히 있던 나는 좀 분위기를 순화시키기 위해 한마디 했다. "그게 뉴욕의 하이라인 파크가 모델인 것 같더라고요." 박시장을 편들지도, 그렇다고 박시장을 비판중인 기사님을 공격하지도 않는 톤으로.

그런데 더 센 공격이 들어왔다. 기사님이 거기를 잘 알고 있었던 것이다. 거기와 여기는 실정이 다르다며, 어떻게 다른지 조목조목 설명했다. 흥분하지도 않았고, 거친 태도도 아니었기 때문에 나는 기사님의 말이 귀에 쏙쏙 들어왔다. '음, 역시…… 말은 저렇게 해야 돼'라고 생각했다. 그때 기사님이 한마디 더 했다. "그런다고 대통령이 될 수 있겠어요?"

아, 좀 안타까웠다. '그 말을 하지 않았다면 더 좋았을 텐데'라고 생각하며 나는 말했다. "길이 정말 막히긴 막히네요. 힘드시겠어요."

기념관은 손기정이 다녔던 양정의숙 부지에 학교 건물을 리모델링해 지어져 있었고, 양정고등학교는 다른 곳으로 이전한 상태였다. 재미있게 구성해놔서 지루하지 않았다. 손선수의 연대기별로 구성해놓은 사진, 그에 대한 일대기 같은 읽을거리가 있었고, 애니메이션도 있었고, 무슨 티켓 발권기처럼 생긴 기계를 터치해서 다음 단계로 넘어갈 수 있게 만들어놓았다. 터치가 잘 되지 않는다는 게 문제긴 했으나……

영어로 번역해놓은 것도 있었는데 그렇지 않은 것이 더 많았고, 무엇보다 영어로 된 문장은 많이 축약되어 있었다. 학구열과 호기심이 충만한 K가 뭔가를 물어보면 주로 C선생님이 답했다.

젊은 시절의 손선수는 체격이 좋은 미남이었다. 젊은 나이에 국민적 영웅이 되었고, 열정적이고, 체력과 체격도 좋은 데다 미남이었으니 꽤나 여자들의 사랑을 받았을 것 같다. '부러운 인생이구나!'라고 생각하며 손선수의 연보를 읽었다. 나는 소설가나 시인이 쓴 책을 볼 때 연보를 먼저 보는 유형의 사람이기 때문에. 그래서 "체코슬라바키아에서 태어났다. 1975년 프랑스에 정착하였다" 같은 식의 연보를 보면 좀 허무해지고 마는 것이다. 내가 시 잡지를 읽는 걸 좋아하는 것도 거기 연보가 나오기 때문이다. 비교적 최근 『시현실』이라는 잡지에서 김안 시인의 연보를 읽고는 마음이 울렁거렸고, '아, 이래서 시인들은 시인인 거구나!'라고 생각했다.

언젠가 보았던 신문 기사가 떠올랐다. 재일교포 소설가 유미리씨와 손기정 손녀가 같이 마라톤을 했다는 이야기였는데, 왜 그들이 같이 마라톤을 한 건지는 기억이 나지 않는다. 유미리의 할아버지가 손선수의 친구였던 것인지 아니면 손선수처럼 마라토너였던 것인지.

그런데 사실 나는 손기정보다 손기정의 러닝 파트너였던 사람에게, 베를린 올림픽에서 2위와 3위를 한 선수들에게 더 눈이 갔다. 그들이 어떻게 되었는지, 그 이후 달리기가 그들의 삶에서 어떤 역할을 했는지, 그들은 얼마나 더 달렸는지, 그들의 자식들은 그들을 어떻게 기억하는지 등등이 궁금했다. 나는 아무래도 영웅보다는 영웅이 되지 못한, 그래서 '평범'하게 살 수밖에 없는 사람에게 마음이 끌리는 것이다.

우리는 밖으로 나와 손기정이 베를린 올림픽에서 우승했을 때 받아온 월계수 모종이 자라나 거목이 된 '손기정 나무' 앞에서 사진을 찍었다. 그런데 그 나무는 내가 실제로 본 적은 없지만 어찌 생긴지는 아는 월계수와 다르게 생긴 것 같았고, 한국 같은 날씨에서 월계수 모종이 이토록 거대하게 성장할 수 있을지 의아심이 생겼다.

호기심이 발동. 안내 데스크에 물어보았다. 저 나무가 정말 손기정 선수가 받아온 나무가 맞나요? 네, 그렇습니다. 그런데 저건 월계수가 아닌 것 같은데요. 네? 저는 잘……

그래서 나는 다시 기념관으로 올라가서 손기정 선수가 월계수를 받는 사진을 살펴보았다. 그래서 알게 된 사실. 애초에 손기정 선수가 받았던 나무는 월계수가 아니었다는 것. 그건, 참나무였다. 참나무의 일종인 상수리나무라고 해야 할지 떡갈나무라고 해야 할지 그런 종류. 독일 기후에서는 월계수가 자라지 못하기 때문에 독일 사람들이 좋아하는 그 나무를, 올림픽의 상징인 월계수의 대체물로 썼다는 것이다. 아아! 궁금증이 해결되었다.

K인지 C인지 말했다. 손기정 나무가 저 나이를 먹도록 번식을 하지 못하고 있는 것이 안타깝다고. 시급히 외교부에서 독일에 요청해 저 나무와 짝짓기를 해줄 수 있는 나무를 도입해야 한다는 것이었다. 우리는 모두 좋은 생각이라며 동의했고.

손기정 나무는 프리드리히 카스파 그림에서 뒷모습을 보이며 고독하게 서 있는 연미복을 입은 남자가 보고 있는 그 나무 아닌가? 하는 생각이 스쳐지나갔다. 그때 나는 내가 몇 개월 후 베를린에서 프리드리히 카스파의 그 그림을 실제로 보게 될지 몰랐다. 그 그림을 보던 순간, 나는 혼잣말을 했다. "아, 손기정 나무."

·

뤼데스하이머 플라츠 광장의 오후로 돌아와서.

K와 나는 내 가방에 있던 말린 고지베리와 카카오 닙스와 함께 화이트 와인을 마셨다. 와인 값을 내며 알게 된 건데, 와인 값과 별도로 와인 잔 값을 내야 했다. 잔이 무사히 반납된다면 돌려받을 수 있는 일종의 '잔 보증금'이었다. 어쨌거나 노천카페라고 하기도 뭐한, 그 와인을 파는 곳은 그런 시스템으로 운영되고 있었다.

준비성이 철저한 K는 지도와 여행 안내서를 보여주며 이런이런 코스로 가는 게 어떻겠느냐고 했다. 그때, 어디선가 무당벌레가 뚝 떨어졌다.

우리가 앉아 있던 테이블이 초록색이어서 빨간 몸통에 검정 물방울무 늬 곤충의 등장이 더 극적으로 느껴졌다. 나는 초록색 위에 올라앉은 빨 간색과 검정색이 너무 이뻐서 한참을 바라보았다. 그런데 이 벌레는 뭔 가 이상했다. 움직이지 않는 것이다. 조금씩만 앞으로 전진할 뿐이다. 나만 이상하게 여긴 건 아니었는지 K는 "왜 그래요?"라고 물었다. 나는 고개를 저었고, 우리는 대화를 중단하고 무당벌레에 관심을 집중했다. 그러다 알았다. 무당벌레가 날개를 다쳤다는 것을. K는 울상을 지었고, 아마 K가 보는 나도 그런 표정이었을 것이다. K는 자신의 검지를 내밀 어 무당벌레가 올라타게 했다.

"한국말로 뭐라고 해요?"

K가 물었다.

"무당벌레요."

"무당?"

"샤먼이요"라고 말하고는 무당이 방울 흔드는 흉내를 잠시 내었다. K는 '와' 하고 입을 벌리며 놀라는 모습을 과장되게 표현했다. 그리고는 그 만의 독특한 억양으로 말했다. "재밌어요."

나도 물었다.

"영어로 무당벌레를 뭐라고 해요?"

"숙녀벌레."

"네?"

"레이디버그, 영어로 레이디버그예요."

이번에는 내가 '와' 하고 놀라는 표정을 지었다. 소금쟁이를 '지저스

버스'라고 한다는 건 알았지만 이건 몰랐다.

한국어만 잘하는 나와 한국어만 잘 못하는 K는 이런 식의 대화를 하며 한국어와 영어와 독일어를 공부했다. 그는 나를 타인에게 소개할 때 "제 한국어 선생님"이라고 했는데 사실 내가 배우는 게 훨씬 많았다.

나는 K에게 다시 물었다.

"독일어로는요?"

"마리아벌레."

"와, 성모 마리아요?"

K는 고개를 끄덕였다.

외국어에서 숙녀를 뜻하는 의미의 단어는 곧 '성모 마리아'를 지칭하기도 한다는 걸 난 알고 있었다. 노트르담 성당의 '담'도 레이디이자 숙녀이고, 기사도 문학에서 '간난신고를 마치고 온 기사가 숙녀를 얻는다'는 경직된 설정은 숙녀가 곧 마리아, 그러니까 구원이라는 의미이기 때문이라는 것도.

그러고는 다시 생각하는 것이다. 기독교 문화권에서 '나의 숙녀'란 결국 '나를 구원해줄 여자'라는 의미라는 것을. 또, 우리의 '숙녀'와 그들의 '숙녀'가 다를 수밖에 없음을. 그러니 번역이란 문제가 얼마나 골치 아프고 말도 안 되게 복잡한 것인지도. 구원이라는 말 역시 그런 것이다. 기독교 문화권에서 자라지 않고서는 제대로 이해할 수 없다는 생각.

그러고 보니 나는 '구원'이라는 말을 쓴 적이 거의 없었다. 내가 '누가 누구를 구원할 수 있단 말인가?'라고 생각하는 무신론자이기 때문에 그런 걸 수도 있고, 이 단어가 '왜 그런지는 몰라도 내가 써서는 안 될 것 같은 단어' 중 하나이기 때문이기도 할 것이다. 또 이 단어가 갖고 있는 위계가 불편해서 그런 것도 같다. '구원한다'라고 쓸 때의 시혜의 느낌도 거북하고, '구원을 받다'라고 쓸 때의 굴종적인 느낌도 별로다.

구원이든 숙녀든, 나로서는 너무나 무시무시한 개념이다. 누가 나를 본래의 의미로서의 숙녀로 대해준다거나 구원 어쩌구 하며 다가온다면 진절머리를 칠 것이다. 그러고는 생각하는 것이다. 사람들이 말하는 '종교의 갈등'이라는 문제가 결국은 언어의 문제라는 것을. 내가 쓰지 않는 단어를 태연히 쓰고, 내가 용인하지 않는 세계를 상상하는 사람과는 살기 힘든 것이다.

'1박 2일' '기숙사 숙박' '아침 8시 출발' 등등을 합의하고 내일 아침에 만나기로 하고 K와 헤어졌다. 집으로 오며 생각했다. 숙녀벌레는 어디로 간 거지?

• 브란덴부르크 공항과 드레스덴 •

8시에 베를린에서 드레스덴으로 출발하기로 했는데, K는 20분이 지나도 오지 않았다. 9시가 다 되어 초인종이 울렸다.

사정이 있었다. K가 가겠다고 한 프로이트 학술대회는 이번주가 아니라 다음주였다는 걸 그날 아침에 알게 되었고, 그럼에도 불구하고 나한테 말했던 기숙사에서 숙박할 수 있는지를 알아보느라 늦었다고 했다. 기숙사 측에서는 숙박할 수 있다고 했지만, 우리가 중점적으로 보기로 한 드레스덴과 거리가 꽤 떨어져 있어서 거기에 머무는 게 효율적일지 모르겠다고 K는 덧붙였고.

이쯤 되니 나는 고민할 수밖에 없었다. 애초 드레스덴에 가기로 했던 것은, 그가 프로이트 학술대회에 가는 길에 '얹혀'갈 수 있었기 때문이다. 그런데 상황이 달라진 것이다. 내가 오늘 드레스덴에 가기로 한다면, K는 이번주에도 드레스덴에 가야 하고 다음주에도 또 드레스덴에 가야 하는 상황이 된다. 내가 그의 입장이라면? 귀찮을 게 분명하다. '하지만 약속을 했고, 내 착오이기 때문에, 상대가 먼저 약속을 취소하기 전에는 가지 말자고 하기도 어렵다'라고 생각하는 게 아닐까? 머리가 복잡했다. 나는 K와 드레스덴에 가는 게 적절하지 않게 느껴졌다. 어쩐지 '폐를 끼친다'라는 생각이 들었던 것이다.

나는 가지 않는 게 좋겠다고 했다. '폐를 끼친다'를 어떻게 말해야 하는지 몰라서 그렇게 말하지는 못했다. 대신 나는 이 상황에서 드레스덴에 가는 것은 '자연스럽지 못하다'라고 말했다.

K는 실망스러운 얼굴이 되었다. 아침에 드레스덴에 있는 '그뤼네스 게뵐베'의 티켓을 예매했다고 했다. 내가 내키지 않는다면 어쩔 수 없지만, 드레스덴에 몹시 가고 싶고, 내가 가지 않는다면 자기 역시 가지 않겠다고 했다.

"그러면 박사님은 다음주에 드레스덴에 또 가야 하는 건데요?"

"괜찮아요."

나는 괜찮지 않았다. K는 다시 물었다.

"다음주에도 괜찮아요?"

나는 고개를 저었다. 다음주에는 베를린에서 해야 할 일이 있었다. K는 드레스덴에 가자고 했다. 나는 천천히 고개를 끄덕이며 말했다.

"알겠습니다, 박사님."

K는 한숨을 쉬었다. 내가 자신을 '박사님'이라고 부르는 게 마음에 들지 않는 것이다. 나 역시 좋아서 '박사님'이라고 하는 게 아니다. 농담이 아닌 다음에야 학위를 땄기로서니 누군가를 '박사님'으로 부르거나 서로를 '박사'라고 호칭하거나 하는 건 내 정서가 아니다. 그렇지만, '박사

님'이 아니라면 그를 부를 만한 호칭이 없다. 아무리 그가 이름을 부르라고 해도, 그건 그의 주장일 뿐이다. 한국 사람인 나로서는 아무렇지도 않게 40년쯤 나이 차이가 나는 사람을 이름으로 부르기는 어려운 것이다.

고속도로를 달리는데 거대한 공사 현장 같은 게 보였다. 저게 뭐냐고 묻자 K는 브란덴부르크 공항이라고 했다.

"아! 브란덴부르크 공항이요?"

나는 알은체를 했다. 베를린 안내 책자에서 2017년 하반기에 완공 예정이라는 글을 봤기 때문이다. 저게 완공되면 한국에서 베를린으로 바로 오는 직항편이 열릴 수도 있겠다는 생각을 했다.

K는 가능성이 없다고 했다. 2006년에 공사를 시작했지만 벌써 세 번이나 개항 시점이 연기되었고, 저 공항은 영원히 열리지 않을 거라고 했다. 우리는 같이 웃었다. 기막힘과 황당함이 섞인 그런 웃음이 한동안 K의 왜건형 빨간색 아반떼 안을 채웠다.

아, 이걸 어떻게 설명해야 할까? 우리의 웃음에는 여러 가지 요인이 섞여 있다.

일단, 그가 내게 했던 독일 사람들에 대한 농담에 대해 말해야 한다. K는 독일 사람들이 정직하고 성실하고 약속을 잘 지킨다는 고정관념은 잘못된 거라고 여러 번 말했었다. 베를린의 여기저기가 늘 공사중인 이유는 독일 사람들이 성실하지 않고 약속을 잘 지키지 않기 때문이라고도 했다. '착공일'은 있는데 '완공일'은 없다며. 그런 K의 관점에서 보자면, 브란덴부르크 공항이 완공되지 않는 것은 독일 사람들의 그런 문제들을 입증하는 적확한 증거로 보였던 것이다.

브란덴부르크 공항과 드레스덴

그리고 두번째. 브란덴부르크 공항의 정체성에 대해서. 이 공항을 이해하기 위해서는 짤막하게나마 베를린의 변천사에 대해 알아야 한다.

현재 베를린에는 쇠네펠트 공항과 테겔 공항이 있다. 내가 베를린에서 오고 갈 때 이용한 테겔 공항은 서베를린 지역에 있고, 쇠네펠트 공항은 동베를린 지역에 있다. 통일되기 이전 서베를린에는 테겔 말고도 템펠호프 공항도 있었다. 히틀러가 집권하던 시절 그가 꿈꾸던 세계 수도 게르마니아의 이상에 걸맞게 엄청나게 크게 만들어진 공항이다. 그러니 통일된 베를린에는 세 개의 공항이 있게 된 것이다. 이윽고, 한 도시에 이 세 공항이 공존하면서 발생하는 비효율성이 지적되었다. 또 통일된 독일의 수도 베를린에 여전히 통합되지 않은 세 개의 공항이 존재하는 것도 '사회 통합' 면에서 문제였다. 2008년, 비효율적으로 크기도 하거니와 원흉 히틀러의 유산인 템펠호프가 먼저 문을 닫았다(현재는 시민공원으로 이용되고 있다). 그리고 테겔과 쇠네펠트를 통합하는 공항을 세워야 한다. 서베를린과 동베를린을 통합하여야 하니 둘 중의 하나를 활용하는 것은 안 된다. 통일된 베를린을 대표할 만한 새로운 공항을 세워야 한다. 이렇게 논의가 진행되었고, 브란덴부르크 공항이 착공되기에 이른 것이다.

그런데 이 공항은…… 여전히 활주로도 조성되지 않은 것이다. 완공 예정일은 계속해서 연기되고 있고…… 진정한 독일 통일은 요원한 것만 같았고…… 나는 웃을 수밖에 없었던 것이다.

●

테겔과 템펠호프에서 '남한'으로 오는 직항 편은 존재한 적이 없고, 쉬네펠트에서는 '북한'의 순안 공항으로 가는 직항 편이 존재했다.

직항 편이 폐쇄된 건 1990년이다. 1989년 독일이 통일되고, 국제 사회의 북한에 대한 제재 분위기가 강해지면서 더이상 북한으로 가는 직항기를 띄울 명분이 사라졌던 것이다. 임수경은 1989년 이 쉬네펠트 공항에 도착해 순안 공항을 통해 북한으로 갔다. 공항에 가기 위해서는, 동서독의 접점인 프리드리히스타라세역을 통과해야 했을 것이다.

프리드리히스타라세역은 동베를린의 중앙역이었고, 초로기셔가르텐역(일명 초역)은 서베를린의 중앙역이었다. 이 역들도 쉬네펠트와 테겔 공항처럼 통일 후 비슷한 운명에 처한다. 통일된 베를린에 기존의 중앙역'들' 대신 이 둘을 통합하는 새로운 중앙역을 건설해야 했던 것. 지금 있는 중앙역은 통일 이후 세워진 것이다. 그런데 여전히 이미 건설된 지하철 노선들은 초역과 프리드리히스타라세역과 연결되기 쉽게 만들어져 이 중앙역으로 진입하는 게 까다로운 편이고, 나는 통일이란 얼마나 녹록지 않은 것인지 지하철을 타고 이동할 때마다—그러니까 매일같이—생각했던 것이다.

1989년의 임수경(과 나)에 대해 생각한다. 1년만 늦었더라면, 비행기를 타고 '당당히' 북한으로 갈 수 없었고, 1989년의 그런 '센세이션'도 없었을 것이다. 당시 초등학생이었던 나는 신문과 텔레비전을 뒤덮었던 흰 저고리에 검정 치마를 입은 임수경을 잊을 수 없다. 그리고 그해 가을

베를린 장벽이 무너지고 동구권이 도미노처럼 하나씩 무너지던 일 역시. 그 사건들은 내게 강력하게 각인되었다. 한 해 전인 1988년, KAL기 폭파 사건의 주범으로 검거되었던 김현희와 김승일 이야기보다 더.

그도 그럴 것이 나는 반공 교육을 받은 세대인 것이다. 삐라를 주워와 학용품을 포상으로 받는 친구들이 있었고, 반공 글짓기, 반공 포스터 그리기, 반공 표어 짓기 같은 게 숙제로 주어지곤 했다. 어떤 식으로든 이야기를 지어 글짓기를 하고 포스터를 그렸다. 당시 나는 꽤 학교에 충실한 아이이어서 성의 있게 그 일을 했다. 그리고 그 시절은 내게 어떤 흔적을 남겼다. 내가 지어낸 이야기와 들었던 이야기를 '진실'로 받아들였던 것이다.

밤마다 악몽을 꿨다. 탱크가 밀고 들어오거나 알고 보니 내 집 지하가 북에서 판 땅굴의 통로였다거나 지뢰를 밟아서 발목이 잘리거나 하는. 그리고 '공산당'이 내 턱에 총부리를 갖다 대고 '이쪽이냐 저쪽이냐?'를 묻는 장면도 삽입되곤 했다. 아무리 생각해도 '나는 공산당이 싫어요'라고 말할 수 없을 것 같았다. '이승복의 찢긴 입'에 대해 지겹도록 들었던 것이고, 내게는 입이 찢길 위험을 무릅쓰고 '반공'을 외칠 만한 용기가 없었다. 꿈에서 깨어난 나는 내가 어쩔 수 없는 겁쟁이라는 사실을 부끄러워 해야만 했다.

그런 내가 통일된 베를린에 와 구동독 지역이었던 드레스덴으로 가고 있었다.

•

　우리가 드레스덴에서 가장 처음으로 들어간 곳은 '일본 궁전'인가 '일본식 궁전'인가 하는 곳이었다. 오랜 시간 버려져 있던 것으로 보이는 그 폐허에 가까운 건물 안은 여기저기 중국적인 무언가로 장식되어 있었다. 그리고 건축 양식은 바로크식.

　문을 열고 그 '궁전'에 들어가자마자 웃음이 터졌다. 부리와 깃이 화려한 거대한 새 모형이 천장에 매달려 있었던 것이다. 진화되기 이전의 원형적인 새에 가깝다는 측면에서 시조새 같기도 하고, 기괴한데 묘하게 위엄이 있다는 점에서 '산해경'의 곤륜산에 살 법한 새처럼 보이기도 했다. 건물의 안뜰로 나갔을 때는 더 기함했는데…… 상의를 풀어헤쳐 임산부만큼이나 나온 배를 자랑하는 남자들이 기둥에 매달려 있었다. 봉두난발에, 하나같이 술병을 들고 있거나 그걸 마시고 있다는 점에서 이들은 '중국의 바커스'를 형상화했다는 걸 알 수 있었다. 의복이나 스타일, 정서, 어디를 보아도 이들은 일본 남자가 아니라 중국 남자였다. 역발산기개세의 힘으로 천지를 호령하다 취해서는 산과 달을 희롱하는 그런 이야기에 나올 법한.

　그리고 거기엔 공자의 동상이 있었다. 'Confucius'라고 적혀 있어 찾아보았더니 공자였던 것이다. '왜 드레스덴에 공자가?'라는 생각이 들었고, '왜 일본 궁전이라는 이름을 붙인 거지?'라는 생각도 했다. 그래서 K에게 이렇게 물을 수밖에 없었고, "일본 궁전 맞아요?" "그래서 오자고 했어요. 재밌을 것 같았어요"라고 K는 말했다. 그는 이곳의 존재에 대해 알고 있었던 것이다. 그리고 나도 여기가 '재미있다'는 것에 동의할 수밖에 없었다.

이상했고, 그래서 이상한 상상을 자극하는 공간이었다. 한때는 화려했을 바로크 양식의 건물이 이렇게 전락하는 동안 무슨 일이 있었을지를 상상하게 되는 거다. 그리고 애초부터 이렇게 바로크식으로 지어놓고 왜 '일본 궁전'이라는 이름을 붙여놓았던 것인지, 일본적인 것들을 제거할 만한 어떤 사건이 있었던 건지, 그렇지 않다면 여기에 무슨 일이 있었던 건지.

일본 궁전에서 나와 우리는 드레스덴 중심가로 걸어 들어가기 위해 다리를 건넜다. 다리 아래로 보이는 그 강은 한강만큼이나 폭이 넓었다. 그 강이 그 유명한 엘베강이었다. 그리고 여기는 '엘베강의 피렌체'라 불리는 드레스덴이었고.

그 다리 이름은 아우구스투스로, 이 도시를 부흥시켰던 지배자의 이름이었다. 다리에서 재미있는 걸 발견했다. 물이 범람하는 모습을 우키요에풍으로 제작한 판넬이 서 있었다. 두 가지를 느꼈다. '엘베강이 종종 문제를 일으키는구나'라는 것과 '드레스덴(아니면 독일)의 이 지극한 일본 사랑!'

다리를 건너 드레스덴 중심으로 진입하던 우리를 맞이한 것은 텐트들이었다. 대형 텐트들. 그것들이 시가를 가득 채우고 있었다. 주로 정사각형 모양으로 생긴 그것들에는 맥주 회사의 로고가 박혀 있었고, 맥주 회사의 고용인들은 파라솔을 펼치고 생맥주 기계를 설치하며 부산을 떨고 있었다.

브란덴부르크 공항과 드레스덴

오전 11시쯤이었다. 좀 있으면 맥주를 내놓으라는 사람들이 들이닥칠 테니 그들은 그럴 필요가 있었다. (여기는 맥주의 나라, 독일!) "모닝 맥주 할래요?" K가 물었다. 나는 고개를 저었다. 아침 맥주는 하지 않는다는 자발적 규율 같은 게 있을 리는 없고, '독일에서의 아침 맥주'라는 장르에 흥미가 없었다. 너도나도 하는 일탈은 일탈이 아니라는 생각, 그런 분위기에서는 오히려 견실함이 일탈일 수 있다는 생각을 하는 사람이 나라는 사람이기 때문일 것이다.

그런데, '이건 좀 너무하지 않나?'라는 생각이 들었다. 걸으면 걸을수록 맥주 회사의 텐트들이 거의 도시를 뒤덮다시피 하고 있었기 때문이다. 보행에 방해가 될 정도로. 그리고 뭔가 도시 전체가 눈빛이 풀려 있는 분위기. 해는 쨍쨍한데, 일렉트로닉 음악 같은 게 광광 울리고. '아니 이 사람들은…… 아침부터 뭐지?'라는 구태의연한 생각을 하고 있는 나. 순식간에 시가에 파라솔이 펼쳐지고 노천 테이블이 놓였다.

아, 이 도시는 축제중이었다. 나는 어쩌다보니 축제중인 드레스덴에 떨어지게 된 것이었다. 눈치도 없이 왜 그 중대한 사실을 이리 늦게 깨달았는지 자문해봤는데, 이 축제의 요소에는 좀 비상식적이고도 비현실적인 데가 있었던 것이다. 너무 일렀고, 너무나 광대했다. 그리고 나는 상식적인 사람이고.

드레스덴에는 온통 비상식적인 것 천지였다. 그래서 좋았다. 아침부터 뿜어져나오는 이 미친 에너지라니. 거기에는 미친 공기와 미친 맥주와 미친 태양과 미친 파라솔과 미친 구름과 미친 풍선과 미친 트럭과 결정적으로 미친 사람들이 있었다. 나와 K는 그 미친 행렬 속을 좀 쭈뼛거리며 돌아다녔다. 그도 그럴 것이 우리는 40살쯤 나이 차이가 났고, 제대로 놀아본 적 없는 사람들이었으며, 연인이 될 가능성이 없는 사이였으니까. 내가 느낀 8월의 드레스덴은 제 몸의 열정을 끄집어내 있는 대로 분사할 수 있는 사람들끼리 와야 하는 곳이었다. 연인이 됐든 하룻밤 유희가 됐든. 그러니 나는 뭘까. 이교도의 회합에 어쩌다가 참석한 주변머리 없는 청교도 신부가 된 느낌으로 옷깃을 바로잡았다. 그러고는 반쯤 얼이 빠진 상태로 드레스덴 거리를 걸었다. 경직된 입가에서 웃음이 새고 있는 것을 느끼며 말이다.

•

과연 이곳은 '엘베강의 피렌체'라고 불릴 만했다. 나는 이 도시가 한때 얼마나 화려하고 웅장했으며 문화적으로도 융성했는지 느낄 수 있었다. 금맥의 기운이 느껴지는 곳이었는데, 그 금칠이 무분별하지 않아 천박한 느낌이 아니었다.

거대한 초록색 왕관을 건물 꼭대기에 얹은 츠빙어 궁전과 궁전 앞에 있는 오페라하우스인 젬퍼 오퍼와 온갖 보물들이 전시되어 있는 드레스덴 성과 대성당, 프라우엔 교회 등이 위용 당당하게 엘베강을 내려다보고 있었다. 드레스덴 성 안에 있는 보석 전시관이라고 할 수 있는 그뤼네스 게뷜베에는 다이아몬드니 사파이어니 하는 어쩌나 크고 번쩍이는 색돌들이 널렸는지 지루할 지경이었다. 이 도시를 만들었다고 할 수 있을 작센의 선제후 아우구스투스왕이 얼마나 부자였는지 알 수 있었다.

여기서 아우구스투스왕이라고 함은, 아우구스투스 2세를 말하는 것
인데 츠빙어 궁전 안에는 그를 부유하게 만들어준 마이센 전시실이 있
다. 1717년, 이 남자는 작센의 정예군 600명과 중국의 도자기 150여 점
을 맞바꾼다. 그리고 10년 후! 작센에서는 자신들의 도자기인 마이센을
만들어내기 시작하고, 작센왕은 엄청난 부를 얻는다.

츠빙어의 이 도자기 전시실에서 무엇보다 나를 즐겁게 했던 것은, 실
패한 도자기들의 행렬이었다. 색이나 굽기의 정도나 디테일 면에서 고
루 떨어지는 그 도자기들, 중국 도자기를 흉내내기에 급급했던 그 도자
기들이 점점 나아지고, 결국에는 '본차이나'의 모조품이 아닌 '마이센'
이 되는 것을 보면서 나는 희열을 느꼈던 것이다.

이 부강해진 도시는, 피렌체가 그랬듯이 문화적이고 지적인 에너지로
충만했었다. 베버가 『마탄의 사수』를 썼고, 슈만이 한때 클라라와 살았
으며, 코코슈카가 작품 활동을 했고, 처녀 시절 '채털리 부인'이 음악 유
학을 왔다. 그랬던 이 도시는 1945년 완전히 파괴된다. 연합군은 폭격으
로 드레스덴을 통째로 날려버렸고, 15만 명이 죽었다. 모든 것이 사라졌
다. 남은 것은 오직 잔해뿐.

그것들을 폐허부인들이 끌어모아 드레스덴을 재건했다. 폐허부인. 내
가 만든 말이 아니라 원래 있던 말이다. 전쟁으로 파괴된 도시를 재건하
기 위해 동원된 여자들을 독일에서 이렇게 부른다고 한다. 드레스덴, 함
부르크, 뉘른베르크, 그리고 베를린 등 형편없이 망가진 도시에서 수백
만 명의 여자가 동원돼서 파괴된 잔해들을 치웠다.

오직 손으로. 손으로 건물을 해체하고 벽돌을 떼어내서 시멘트를 제

거하고 '폐허수레'라는 것에 실었다. 그게 다가 아니었다. 쓰레기 더미에서 재활의 여지가 있는 것들은 골라내어 따로 모았다. 15세에서 50세 사이의 여자들은 모두 이 일을 했다.

왜냐하면, 남자들은 죄다 죽었기 때문에. 살아남은 남자들은 몸을 못 쓰게 되었거나 너무 어리거나 너무 늙었다. 2차 세계대전을 일으킨 죗값을 치른 후, 독일의 이 '살아남은 자'들을 생각하면 마음이 싸해진다. 살아남기는 했으나 마음이 크게 다쳐버린 이들을. 전쟁을 일으킨 나라의 국민이어서, 유태인을 아우슈비츠로 보내버린 극악무도한 나라의 국민이어서, 자신의 고통에 대해서는 침묵을 강요받았던 사람들을.

나는 이토록 화려한 도시를 파괴할 수 있는 것도 인간, 다시 쌓아올릴 수 있는 것도 역시 인간이라는 사실에 뭐라 말할 수 없는 공포와 경이를 느꼈다. 인간을 혐오하는 인간도, 인간을 사랑하는 인간도 드레스덴에서의 나였다. 비관과 낙관을 오가며, 또 혐오와 사랑을 오가며 나는 신이 난 사람들이 발광하는 드레스덴의 비현실적인 밤을 걸었다.

나치의

벙커였던

건물에서

베를린을 떠나기 전 보름 정도를 호텔에서 살기로 결정했다.

호텔에 살기 전, 두 달 넘게 살던 동네(이하 A라고 지칭)는 평화롭고 조용하고, 뭐랄까 전원마을 같은 데였다. 조끼를 입은 사람들이 어디론가 출근했다 맥없이 돌아오는, 그래서 낮에는 사람들을 잘 찾아볼 수 없는 베드타운이었다.

나처럼 낮 시간에도 길거리를 어슬렁거리는 수상한 사람은 거의 볼 수 없었고, 그래서 그 동네를 산책할 때면 텅 비어버린 영화 세트장을 걷는 느낌이 들었다. 배우가 된 느낌이 들었는데…… 주연이라는 느낌도 엑스트라라는 느낌도 들지 않았다. 역할이 없는 배우랄까?

어떤 역할도 부여받지 못한, 감독으로부터 오래 선택받지 못한, 그래서 스스로를 배우라고 불러야 할지 아님 뭐라고 불러야 할지 어정쩡해져버린 배우가 되어 아무도 없는 거리를 걷는 기분이었던 것이다. 세상으로부터 버림받고, 사람으로부터도 버림받아 외로움이라는 감정도 메

말라 외로움을 느끼지 못하는 그런 배우가.

참으로 이상한 시공간이었다.

지금 이렇게 쓰고 보니 나름 괜찮은 것처럼 느껴지기도 하는데 그건 글로 썼기 때문인 것 같다. 어떤 상황이라도 쓰고 보면 괜찮게 느껴지는 면이 있으니까. 어쨌든, 당시 나는 이런 분위기가 좀 힘들었고 그래서 뭔가를 자발적으로든 주체적으로든 할 수 없었다. 이 동네의 무기력증에 전염되었던 것이다.

문제의 그 동네에서 딱 한 번 재미있는 일이 있었다.

어디선가 요란한 소리가 들려 보았더니 온몸을 현란하게 치장한(그러는 동시에 거의 벗은) 흑인이 역시나 현란하게 튜닝한 오토바이를 타고 폭주하고 있었다. 내가 살던 동네에는 흑인이 거의 없었고(아시아인도 없다. 주로 게르만족 천지인 동네다), 이런 튀기로 작정한 정신세계를 가진 사람도 본 적이 없기 때문에 나는 눈이 커졌다.

그런데 문제가 있었다. 그 남자는 나를 향해 전속력으로 돌진해오고 있었다. 스피커를 어떤 식으로 설치했는지 음악을 크게 틀고 지나가는 스포츠카의 그것만큼이나 위협적이었다. 그래서 난 잠시 위협을 느꼈는데, 그가 나한테 아무런 유감이 없다는 걸 즉각적으로 알 수 있었고, 안심했다. 그가 어떤 악의도 없이 단지 자기 존재를 과시하고 싶다는 욕망을 표출하고 있을 뿐인 '순수 그 자체'라는 것을 알아차렸던 것이다.

당시에는 황당하고 으스스했지만, 시간이 지나자 그를 이해할 수 있었다. 얼마나 지루했으면 저런 일을 벌였을까 싶었고, 그럼에도 불구하고 봐줄 관객이 나밖에는 없었던 것이 내가 다 미안했다. 내가 마음의 여유가 있는 말랑말랑한 사람이었다면 그를 향해 엄지손가락이라도 치켜세워줄 수도 있었겠지만, 나는 그런 사람이 아니므로 그는 시끄럽기만 한 고독의 레이스를 벌였던 것이다.

그리고 좀더 시간이 지나자 웃음이 났다. 그 남자가 틀었던 노래는 '울랄라, 헤이 헤이' 하는 레게 같은 것이었고, 그 남자의 몸은 탄탄하다못해 근육과 뼈가 분간되지 않았으며, 그 남자는 네온 연두와 주황색을 입고 있었던 것이다. 조용하다못해 오뉴월의 소불알처럼 늘어진 그 동네의 한낮과는 정말이지 어울리지 않는 조합이었다(고 생각한다). 그런 노래는 좀 풀어진 상태로 헤롱헤롱하게 즐겨야 하는 것인데 그 근육질 남자는 기합이 빠짝 든 모습(흡사 네오나치풍)으로 '돌격'했던 것이다.

나는 종종 그 남자를 생각했고, 발작적으로 웃음이 터지곤 했다. 지하철이나 버스 같은 곳에서. 그래서 주위의 눈치를 살펴야 하기도 했지만, 또 이런 일이 벌어지길 기다리게 되었다. 나의 평온함을 휘저어줄 어떤 돌발적 사건을 말이다. 하지만 이 남자는 다시 나타나지 않았고, 여전히 안온한 날들이 흘러갔다. 나는 슬슬 몸이 들썩거리기 시작했다.

당시의 나한테 가장 갈급했던 것은 문화적 자극이었다. 그 동네에서 나는 '비非존재의 시간' 안에 있었던 것이다. 좀 후하게 봐준다면, '반半존재의 시간'이고. 나는 하루빨리 내게 활기를 줄 무엇인가를 수혈받을 필요가 있었다. 그래서 이 동네를 떠나기 위한 준비를 시작했다.

나는 이 동네와 대척점에 있는 동네를 물색했고, 그 결과 프렌츠라우어베르크(이하 B라고 지칭) 지역이 낙점되었다.

B지역은 여러모로 A와 달랐다. A가 '서베를린 지역/녹지 많음/가족 위주 거주 많음/커피집 거의 없음/대형 마트 인접/학교까지 20분 소요'의 요소를 갖췄다면, B는 '동베를린 지역/고층 빌딩 많음/외국인과 싱글 세대 많음/커피집 널렸음/소규모 유기농 매장 많음/학교까지 50분 소요'의 요소를 갖춘 곳이었다.

잠시, 베를린의 권역에 대해 설명해야 할 것 같은데. 서쪽의 샬롯텐부르크를 시작으로 정시계 방향으로 티어가르텐, 미테, 프렌츠라우어베르크, 프리드리히샤인, 크로이츠베르크, 쉐네베르크가 자리하고 있고, 내가 살던 동네는 샬롯텐부르크와 쉐네베르크의 중간 정도인 빌머스도르프에 있던 동네였다. 그 동네의 '초포터스트라세'라는 여간해서는 익숙해지지 않는 거리의 길가에 내가 살던 집이 있었고.

이사할 곳을 물색하던 나는 호텔로 가야겠다고 생각했다. 마음에 둔 호텔도 있었다. 그곳이 소호하우스 베를린이었다.

·

내 코디네이터였던 I에게 '소호하우스 베를린'을 아느냐고 묻자, 그녀는 즉각적으로 대답했다. 멋진 곳인 것 같다고.

그리고 덧붙였다. 트램이 지나다닌다고. 은형씨가 좋아할 것 같다고.

베를린에서 트램은 구동독 지역에만 있다. I는 나의 구동독 지역에 대한 관심에 대해 잘 알고 있었고, 그래서 '트램이 지나다닌다'라는 것도 내가 이 호텔을 마음에 들어 할 중대한 이유 중의 하나라고 생각했던 것이다. 그리고 I의 그 추측은 적중했다.

나는 이 호텔이 동베를린 지역에 있다는 것, 그래서 동베를린의 역사적 레이어가 덧입혀져 있는 건물이라는 것만으로도 마음에 들었다. 그런데 좀 찾아보니 그 '역사적 레이어'라는 게 만만치가 않아서, 나는 할 말을 잃고 말았다.

소호하우스 베를린이 쓰고 있는 그 건물은 1928년 백화점으로 건립되었다. 당시 유행하던 사조인 바우하우스의 영향을 받았다는데, 그래서인지 그 건물은 바우하우스의 세례를 받은 디자이너들이 만든 20세기의 디자인 아이콘들과 어딘가 닮은 모습이었다. 알바 알토의 사보이 화병을 건물로 만든 것 같은 느낌이랄까?

나는 일단 이 건물의 외양이 마음에 들었다.

이 건물은 요나스 앤 코Jonass & Co.라는 이름의 7층짜리 백화점으로 만들어졌고, 루프탑에는 레스토랑이 있었다. 유태인 소유이던 이 건물을 나치당 조직본부가 빼앗으면서 요나스 백화점은 알렉산더 플라츠로 옮겨가고, 1940년부터 1945년까지 2차 세계대전이 끝날 때까지는 히틀러의 청소년단 본부로 사용된다.

당시 히틀러 청소년단을 이끌던 이가 아르투어 악스만Artur Axmann이라는 남잔데, 그는 히틀러의 마지막 소년단장으로 히틀러가 자살한 후 히틀러를 발견한 사람이기도 하다. 그는 히틀러와 (히틀러가 자살하기 이틀 전 히틀러와 결혼해 히틀러 브라운이 된) 에바 브라운의 시체에 가솔린을 끼얹어 불태운다. 탈출하다 알프스 산맥에서 정부와 함께 잡혀 죽은 무솔리니의 시체가 밀라노 광장에 거꾸로 매달렸다는 것을 들은

173

히틀러가 자기도 또한 시체가 남아 있으면 그런 수모를 겪게 될 것을 우려해 시체를 없애달라고 유언했던 것이다. 히틀러는 청산가리 캡슐을 입에 넣은 채 권총으로 자살하고, 에바는 청산가리 캡슐만 먹고 죽는다. 청산가리 캡슐을 먹기 전 히틀러는 거의 하루를 꼬박 소비해 유언장을 작성하고, 자신의 애견 블론디('Blondi'다! 여기서 다시 한번 섬뜩했다)와 블론디의 새끼들에게 청산가리 캡슐을 먹여 죽인다.

이 히틀러의 죽기 전 3일을 간단히 요약하면 이렇다. 1945년 4월 28일, 에바 브라운과 결혼. 29일, 유언장을 쓰고 블론디 가족을 죽임. 30일, 에바와 자살. 그러니까 죽기 이틀 전에 결혼한 것이다.

자기가 죽게 될 것을 알고 결혼한 것일 텐데 히틀러는 왜 그랬을까?(그렇다면 왜 그때까지 결혼하지 않았을까?)라는 생각이 들어서 찾아보았더니…… 히틀러는 모든 독일 여성의 상징적인 남편으로 남기 위해 결혼을 거부했다고 한다. 그리고 아마 전시라는 상황, 국가의 책임자로서 결혼을 하는 것은 무책임하게 느꼈을 것이라고 생각한다. 누구보다도 선전선동술에 능했던, 그러니까 자신의 행위가 만민들에게 어떻게 비칠지 기가 막히게 아는 사람이었으니까.

이 히틀러의 꿈은 전쟁에서 승리해 에바와 결혼하는 것이었다고 하는데(과연 그랬을지는……), 그럴 수 없었던 것이다. 히틀러가 불태워지고 이틀 후, 소련 부대가 히틀러가 죽은 지하 벙커에 도착하는데 그들은 히틀러의 시체를 찾는 데 실패한다. 그러다 5월 4일, 히틀러 부부의 유골이 독일 대사관 정원에서 발견된다.

나는 히틀러의 종적을 좇다 이 히틀러의 마지막 청소년단장 아르투어

악스만이 어떻게 됐을지 궁금해졌다. 위키백과에 따르면, 그는 독일이 항복한 후인 1945년 12월, 연합군에 체포되어 구금, 1949년 미군 수용소에서 석방되었다. 그리고 겔젠키르헨(루르 지방 라인헤르네 운한 연안에 있다고)과 베를린에서 판매원으로 일했고, 1958년 서독의 비나치스화 재판에서 히틀러 청소년단장이었다는 죄목으로 재산의 반에 해당되는 3만 5천 마르크(대략 2만 4천 달러)의 벌금을 부과받았고, 1996년 베를린에서 사망했다.

나는 아르투어가 어떤 물건을 팔았는지, 판매 실적은 어땠는지, 그로부터 방문을 받은 사람들은 그의 인상을 어떻다고 느꼈는지, 그리고 베를린의 어느 동네에 살았는지, 가족은 꾸렸는지, 아이가 있다면 자신의 아버지에 대해 어떤 태도를 취했을지, 이웃들은 그에 대해 어떻게 생각했을지, 베를린에서 죽기 전까지 그는 어떤 삶을 살았을지 몹시 궁금해졌다.

다시 소호하우스 베를린의 역사로 돌아와서.

전쟁이 끝나고 동독은 동베를린을 거의 소련에 넘겨주다시피 했고, 토스트라세 1번지는 공산당들의 정치 1번가가 된다. 공산당 중앙 당사가 되면서, 소련과 밀접한 고위급 인사들이 지내는 건물이 되었던 것. 1950년대 후반, 이 공산당 당사가 센트럴 베를린으로 옮겨가면서 이 건물은 공산당의 역사 아카이브가 된다. 그랬다가 1989년 베를린 장벽이 무너지면서 원래의 소유주였던 유태인의 자손들이 건물을 되찾는다. 그러고 나서 그 건물은 거의 10년 정도 비어 있다가 런던의 사업가 닉 존스가 구매해서 2010년 소호하우스 베를린으로 오픈한다.

이러니 내가 이 건물에 끌리지 않을 도리가 없는 것이다.

·

　상수동 부근의 '화력발전소 근처' '연탄 공장 건물'에 카페가 들어서고, 성수동 '공장 지대'의 창고에서 패션쇼가 열리고 하는 이런 일들. 폐허 같아 보이는 건물에 인테리어를 최소화해 황량함을 살리고, 인더스티리얼적인 가구로 연출한 어떤 공간들. 나는 이게 브루클린적인 거라고 생각하고 있었다. 브루클린을 가본 적도 없으면서 이런저런 데서 보아온 '브루클린 이미지'로부터 받은 인상을 자의적으로 대입한 것일 텐데, 베를린에서 얼마간 지내면서 내가 보아온 그것들의 상당수는 일종의 '베를린 무드' 임을 알 수 있었다.

　왜냐하면, '나치의 벙커였던 건물에서—밤마다 술과 마약을 하며—파트너를 바꿔가며—섹스를 한다' 라는 게 '베를린 환상 서사' 의 한 축을 형성하고 있음을 알게 되었기 때문이다. 한 사람으로부터 저런 종합적인 말을 들은 게 아니라, 여기저기서 들은 이야기와 내가 느낀 인상을 저렇게 재조합했기에 아주 신뢰할 만하다고는 할 수 없겠다. 어쨌거나, 내가 생각할 때, 저 베를린 환상 서사의 핵심은 '파트너를 바꿔가며'도 아니고 '밤마다 술과 마약' 부분도 아니다. '나치의 벙커였던 건물에서' 부분이라고 생각한다.

　왜 그럴까 생각을 하다 이런 결론에 이르렀다. '위험함'과 '공포'로부터 '비밀'과 '은밀함'이 파생되기도 하고, 이것들은 섹슈얼리티의 어떤 요소일 수도 있어서 그런 게 아닐까라는. '학대하는 나치 남자 간부'와 '학대받는 여죄수'(혹은 '학대하는 나치 여자 간부'와 '학대받는 남죄수')의 구도를 떠올리며 SM적인 영감을 받는 건가? 하긴, 그런 모티프에서 출발해 만들어진 영화가 있기도 하다. 샬롯 램플링이 여죄수 역으로 출연한 〈비엔나 호텔의 야간 배달부〉 같은. 한국식으로 따지면 방공호이자 대피소인 벙커에서 퇴폐와 방종이 피어나고 있는 것이다.

또, 베를린이 섹시한 도시이기 때문이다. 내가 그렇게 느낀 것은 아니고, 베를린에서 주장하는 바가 그렇다. 베를린에 도착한 지 일주일 정도 되었을 때 슈투트가르트행 비행기를 탈 일이 있었는데, 거기서 나름 문화적인 충격을 받았다.

내 좌석 앞에 달린 작은 모니터에서 나오던 항공사 광고 때문이었는데, 항공사는 노골적으로 섹시 마케팅을 펼치고 있었다. 항공사의 제복을 입은 승무원이 섹스어필한 몸짓과 눈짓을 모니터에서 보내왔던 것이다. 스튜어디스를 성적 대상으로 생각하는 사람들이 있다는 것도 알고, 스튜어디스 제복 그 자체를 페티시의 일종으로 여길 수도 있겠으나 내가 알기로 항공사에서 자발적으로 '승무원+제복'을 그런 식으로 '파는' 것을 본 적이 없었다.

매우 불쾌했다. 일단 그런 식으로 '섹시 마케팅'을 해서 승객을 유치하겠다는 의도가 더없이 싸 보였고(사실, 그 항공사는 '저가 항공사'였다), 여성을 그런 식으로 상품화하는 게 불쾌했다. 또한, 그 '섹스'를 팔고 있는 승무원은 여승무원뿐이었다. 남자는 왜 안 팔아? 남자는 언제 나오지?라고 부아를 참으며 광고를 봤지만 끝내 나오지 않았다. 여승무

나치의 벙커였던 건물에서

원만이 입술을 삐쭉거리고 눈짓을 찡긋거리는 등 도발(?)을 감행했다. 남성 고객을 자기네 항공사의 '메인 타켓'으로 생각하는, 시대착오적이고 머리가 나쁜 회사라는 생각이 들었다. 여자를 좋아하는 여자들한테는 어떤 호소력이 있었는지는 모르겠으나…… 하여튼 불쾌한 광고였다. 이 항공사의 이름은 에어 베를린이다.

베를린에 돌아와 난 궁금증을 풀기 위해 사람들을 붙잡고 물어봤다. '베를린'과 '섹시'(혹은 '섹스') 사이에 어떤 연관이 있는지. 그러다가 답을 찾았다. 한때 베를린시의 모토가 '가난하지만 섹시한, 베를린'이었다고 한다. 패셔너블하고 '셀럽' 같은 성향을 지녔던 게이 시장 클라우스 보베라이트가 이 모토를 만들었고, 이것은 그만큼이나 열렬한 지지를 받았던 것 같다. 이 '섹시' 콘셉트를 에어 베를린이 계승한 것 같다는 짐작을 할 수 있었다.

그래서 적폐처럼 여겨지던 '벙커' 혹은 '나치의 건물'이라는 부끄러운 과거를 가진 건물은 이 '섹시한 베를린'을 외치는 베를린의 시대정신과 맞물려 재도약하고 있는 것이다. 역사의 잔해를 상업적으로 이용하는 행위를 가리키는 말이 있는지 모르겠는데, 리사이클링을 넘어선 업사이클링이라고 할 만하겠다.

소설가라는 인간들은 이런 수상한, 혹은 이상한 기운에 반응하는 사람들인 것이다. 내가 베를린에서 돌아온 후 한국에서 만난 소설가 Y는 이탈리아 베네치아에 갈 계획이라며, 자기가 묵게 될 힐튼호텔이 제분공장이었다는 것에 흥분을 감추지 못했다. 그런 Y에게 나는 소호하우스 베를린과 베를린의 '벙커 마케팅' 혹은 '벙커 리사이클링'에 대해 말하려다 너무 긴 이야기가 될 것 같아 시작을 할 수 없었다.

시간이 흐르면 소호하우스에 대해서 이야기할 수 있을 것 같았는데, 아직은 아닌 것 같다.

• 소호하우스 베를린 •

나는 I에게 소호하우스 베를린을 예약해달라고 부탁했다. 그게, 내가 할 수 있는 차원의 것이 아니었기 때문이다.

일단 다른 호텔들처럼 이런저런 호텔 예약 사이트에서 예약할 수도 없었고, 홈페이지에 들어가면 '클럽 회원이 아니면 문의하라'라고 되어 있었다. 흥미로웠던 점은, 나처럼 호텔 회원이 아닌 사람들에 대해서는 호텔의 가격이 정찰제가 아니었다는 거다. 그 호텔은 '가격은 우리 마음대로 정하겠어'라는 태도를 은연중에 취하고 있었다.

그래서 I가 문의를 했던 것인데, 희한한 답이 돌아왔다. 호텔에 묵고 싶으면 호텔 측에 '어플라이' 하라는 것이었다. I는 그런 내용이 담긴 소호하우스 베를린 측의 이메일을 전하며 코웃음을 쳤다(I 역시 도도한 사람이다).

그러면서 말했다. 지금 그들은 자기네가 상당히 멋지다고 '생각' 하고 있고, 그래서 자기네의 '멋짐의 기준' 에 통과하지 않는다면 이곳에 들어올 수 없다고, 돈과는 상관없는 문제라고, 그들이 그렇게 생각하는 것 같다고 말이다. 그러고서, I는 "아주, 웃기는 사람들이에요. 어떻게 할까요?"라고 팔짱을 끼고 호전적으로 말했다.

나 역시 성깔이 없는 사람은 아니었으므로 '아니, 누가 누구를 심사하겠다는 거지?'라며 기분이 좋지 않았다. 여기에 어플라이하면, 내가 누군지 내가 왜 베를린에 와서 하필이면 소호하우스 베를린에 묵으려고 하는지를 구구절절 써야 하는 거다. '창작지원금 심사를 하는 것도 아니면서 왜?'라는 생각을 했다. '창작지원금 심사는 돈이라도 주지. 아니, 내가 내 돈 내고 묵겠다는데 웬 심사?'라고 생각했다.

하지만 결국 난 그 구구절절한 걸 하고 있었다. 언제부턴가 좀 귀찮거나 번거롭거나 지저분한 일들도 하기로 '노선'을 정하기도 했거니와 콧대 높게 구는 소호하우스 베를린에 '도전'하고도 싶었기 때문이다. 언젠가는 쓸거리가 될 것이라는 생각이 들었기 때문이기도 하다(일부를, 지금 이렇게 꺼내 쓰고 있다).

저는 한국의 소설가로 베를린에 7월 1일에 도착했고, 9월 말에 출국할 예정입니다.

제가 베를린에 오게 된 것은 일단 구상하고 있는 장편소설을 위한 것이 큽니다.

아시다시피 한국은 지구상에 존재하는 유일한 분단국이고, 저는 그런 나라에서 성장했기 때문에 독일의 통일 과정과 그 이후의 변화들에 미묘한 관심을 가지고 있었습니다. 물론, 세계의 이런저런 문화가 뒤섞이고 있는

'문화 용광로'로서의 베를린, 아트 신의 성지로서의 베를린, 미친crazy 사람들의 도시인 베를린, '독일이지만 독일이 아닌' 베를린도 저를 끌어당긴 요소들입니다.

저는 지금 조용한 중산층 거주지인 빌머스도르프의 복층집에 머물고 있습니다. 정원이 딸린 조용하고 안정적인 곳입니다. 그래서 좀 심심하기도 해서 문화적인 자극을 그리워하던 중에 소호하우스 베를린을 발견했습니다.

사교클럽과 부티크 호텔, 프라이빗 클럽 하우스를 어떤 식으로 혼합했는지 궁금합니다. '바우하우스'와 '백화점'과 '히틀러 청소년단'과 '공산당 본부'는 어떻게 섞이는지. 그건 제가 우스꽝스럽고 기괴한 조합에 관심 있는 사람이기 때문일 것입니다.

소호하우스 베를린에 머물게 된다면, 초고를 썼으나 완성을 하지 못한 호텔이 배경이자 주인공으로 등장하는 장편소설도 실마리를 찾을 수 있을지도 모르겠습니다.

이런 내용으로 메일을 보내 '어플라이' 했던 거다. 이런 목적의 문서로 작성되는(이것은 쓰는 것이 아니다. '작성되는' 것이다) 글이 늘 그러하듯 여기에는 일말의 진실과 거짓, 모호함과 정확함이 골고루 포진해 있다. 그래서 이런 종류의 글을 작성하고 있으면 참을 수 없이 부끄러워지고 마는 것이다. 진실보다는 거짓 쪽을 의식하면서.

그들이 내 위선과 거짓을 알아차릴까 싶어서 부끄럽고, 일종의 기계적인 글일 수 있는 이런 글조차 제대로 처리하지 못하는 나의 '세련되지 못함'이 부끄럽다. 알면서도 속아주는 게 이런 종류의 글을 읽는 (매우

한정된) 독자의 애티튜드가 아닐까도 싶지만, 하여튼 쓰는 사람으로서
는 가장 힘든 게 이런 종류의 글이다. 입사지원서, 자기소개서, 집필계획
서 등등. '내가 누구인가' '내가 이 일을 하는 데 얼마나 적임자인가' '내
게 얼마나 큰 야심이 있는가'를 설명하는 일은 여간해서 하고 싶지 않은
일들이다.

하여튼 이런 정신적 타격을 겪으면서 저런 글을 썼고, 그것을 I가 독일
어로 번역했다. 나는 I 옆에 앉았다가 그녀가 잘 이해되지 않는 단어에
대해 물으면 한국어와 약간의 한자와 약간의 영어를 이용해 부연 설명
했고, I는 고개를 끄덕이며 다시 독일어로 번역했다. 그런 과정을 거쳐
쓴 지원서를 우리는 소호하우스 베를린에 보냈다.

3일 만에 답이 왔다. 당신이 머물러주길 고대한다. 당신이 묵길 원하
는 날짜에 묵을 수 있다. 하루빨리 얼굴을 마주하고 이야기하길 바란다.
등등의 형식적인 답변이었다. 그들이 책정한 나의 하루 숙박료와 함께.
우리는 '우아한 독일어'를 쓰기 위해 고심하며 지원서를 작성했지만, 그
들이 보낸 메일에 어떤 우아함도 없었다(고 I는 말했다).

나는 바보가 된 기분이 들었다. 그냥 형식적인 일에 마음을 지나치게
쓴 게 아닌가 했기 때문이다. 나와 I가 쓸데없이 진지했던 게 아닌가 싶
었고(그러니까 '오바'했다는 생각). 이런 것도 농락이라면 농락이 아닐까
싶었고.

역시나 부끄러웠다.

•

소호하우스 베를린에서 17일인가를 묵었다.

당시에도 그랬고, 지금도 대체 이 소호하우스라는 곳의 정체가 뭔지 잘 모르겠다. 이곳의 운영 방침이 '비밀스럽고, 제한적이게'라는 건 알겠다.

예술계 종사자들, 혹은 크리에이티브한 직능 종사자들만 이곳의 회원이 되거나 나처럼 임시 회원의 지위(?)를 얻을 수 있다는 말을 들었으나 내가 17일간 묵으며 관찰한 결과로는 '예술'에 종사하는 듯한 사람은 없어 보였다. 고전적인 개념의 화가라거나 시각 예술가라거나 소설가라든가 시인 같아 보이는 사람은 아무도 없었던 거다. 대신 거기 있는 사람들은 래퍼, 타투이스트, 모델처럼 키가 크고 늘씬한데 모델인지는 알 수 없는 짧은 치마를 입은 여자들, 마케터, 변호사와 회계사, 무슨 일을 하는지 알 수 없는 프티부르주아(여기는 또 그리 고급 호텔은 아닌 것이다) 들이었다. 겉모습과 실체가 다르거나 내가 보는 눈이 없는 것일 수도 있겠지만. 아니면, 그들이 생각하는 '예술가'와 내가 생각하는 '예술가'가 다를 수도 있겠다는 생각을 했다.

다른 소호하우스는 어떤지 모르겠다(전 세계에 소호하우스가 10곳 정도 있다는 말을 들었었다). 이 글을 쓰다 궁금해져 소호하우스 홈페이지에 들어가봤다. 어디어디에 소호하우스가 있는지. 영국 런던에 두 곳(그릭 스트리트와 딘 스트리트), 미국에 세 곳(시카고, 뉴욕, 웨스트 할리우드), 스페인의 바르셀로나, 터키의 이스탄불, 캐나다의 토론토에 한 곳씩 있

소호하우스 베를린

었다. 이 소호하우스들은 소호하우스 그룹이 운영한다. 소호하우스 그룹의 운영자는 영국의 사업가 닉 존스고. 닉 존스는 영국인 사업가로 1995년, 소호하우스를 시작한다.

소호하우스의 멤버가 되면, 앞에서 말한 전 세계의 소호하우스를 이용할 수 있다. 그런데 이 멤버 되기가 좀 그렇다. '기존 회원 두 명의 추천을 받아야 한다'가 유일한 조건이다. 그러니, 일단 소호하우스 멤버를 알아야 하고, 그들이 노는 물에서 노는 사람이어야 하는 것이다. 나는 소호하우스의 멤버십 시스템이 궁금해 이것저것 뒤지다 그곳의 정체를 추측할 만한 증거를 하나 찾았다. 27세 미만의 회원들에게는 가입비를 파격적으로 할인한다는 조건이 있었다. 젊은 사람들을 유치하겠다는 속셈인 건데……

소호하우스 그룹에서 운영하는데 소호하우스와 비슷하면서 좀 다른 게 런던의 이스트 런던에 있는 '쇼디치 하우스'다. 이 쇼디치 하우스의 롤 모델 같은 게 '그루초 클럽'인데, 막스 그루초의 그 그루초다. 막스 그루초의 이름을 따서 1985년 시작한 곳으로, 소호하우스보다 입회가 훨씬 까다롭다. 기존 멤버 두 명에게 추천을 받은 후, 6주에 한 번 열리는 주요 멤버들의 모임에서 회원으로 받아들일지 여부를 심사한다고 한다. 연회비와 가입비가 각 120만 원 정도고, 2년간 웨이팅리스트가 있고…… 데미언 허스트, 트레이시 에민, 샘 테일러 우드 등이 그루초 클럽의 멤버라고 한다.

소호하우스 베를린에서도 수시로 이런저런 문화 행사들이 열렸다. 베를린 영화제 같은 행사의 식전 행사나 뒤풀이, 국제적인 브랜드의 패션

쇼, 가수의 쇼케이스와 음반 발매 행사 같은. 내가 있는 동안도 그런 행사들이 열렸고, 내가 원한다면 참석할 수 있는 행사가 있기도 했다. 소호하우스에 머무르는 동안은 나도 소호하우스의 멤버였기 때문이다. 그들의 용어로는 '클럽 회원'. 소호하우스 베를린에서는 그런 크고 작고 행사들이 일주일에 몇 번씩 있었고, 투숙객들에게 그런 행사들을 적극적으로 알렸다.

소호하우스 숙박객은 기본적으로 '클럽 회원'이고(나처럼 굳이 '어플라이'를 해서 이용하는 예외적인 경우는 얼마나 될지 모르겠다), 이 클럽 회원들은 소호하우스에 있는 시설들을 무료나 유료로 이용할 수 있다. 무료로 이용할 수 있는 시설들에는 사우나, 목욕탕, 짐, 극장, 핀볼(로 보였지만 아닐 수도 있다) 등이 있는데 내가 이용한 것은 아무것도 없다.

짐을 이용하려고 운동복까지 준비했지만 입장한 적이 없다. 극장 역시 상영 시간표까지 챙기며 몇 번이나 갈 수 있는지 묻기까지 했지만(컨시어지가 횟수 제한이 없다고 답해줌) 극장만 구경하고는(의자가 레드 벨벳으로 되어 있다) 가지 않았다. 그리고 문제의 사우나. 나는 여기가 정말 가고 싶었지만 갈 수가 없었다. 왜냐하면……

베를린의 사우나에서는 남녀노소 불문하고 '올 나체'가 되어야 한다고 들었으므로. 경우에 따라서 동양 여성들은 '원피스 수영복'을 입기도 한다는데 그건 더 이상했다. 더 시선이 집중될 것이고, 옷을 벗은 사람들은 불공정한 느낌을 가질 수도 있다. 또 경우에 따라서는 원피스 수영복을 입은 내가 '아주 우스운 사람'이 될 수도 있겠다고 생각했기 때문이다.

그렇다고 벗을 것인가? 아, 그건 정말이지 생각하기도 싫다. 나는 내가 지금 고민하고 있는 상황을 비웃으면서 '어차피 썩을 몸, 벗는 게 좀 어때서?'라며 기꺼이 나체로 그 사우나의 일원이 될 만한 배포를 가지지는 못했다. 그래서 사우나를 가지 못했던 것이다. 이런 데는 모험심을 발휘하지 않아도 될 것 같다고 생각하며.

그러고는 방으로 돌아가곤 했다. 내 방 근처에서 열리고 있는 이런저런 파티들에서 지금 어떤 일이 벌어지고 있을지를 궁금해하며. 위대한 문학작품은 대학이 아니라 고급 술집이나 감옥을 제대로 겪은 인간들이 써내는 거라고 말했던 누군가의 말을 떠올리며 말이다.

·

소호하우스에 있는 동안 사건다운 사건은 없었다. 내가 그 속으로 들어가지 못했기 때문에. 어플라이 같은 걸 해서 일시적으로 '클럽 회원'이 됐지만 무리에 끼려고 해보지 않았다. 내게는 그들이 차려입고 오는 드레스도 없었고, 나를 소개해줄 만한 그럴듯한 친구도 없었다. 내게 있는 거라곤 사교술을 발휘하기는커녕 의사소통에 급급한 몇 마디 말이 전부였다.

사건은 아니지만 재미있는 일은 있었다. 소호하우스에 묵는 날에 있던 일이다. 그날은 토요일인지 일요일이었고, 나의 이사를 도와주기 위해 K(남·70대)와 H(남·20대)가 와주었다. 짐을 컨시어지에게 맡겨두고 늦은 점심을 하기 위해 루프탑 레스토랑인 만돌린으로 올라갔다. 나는 이사를 도와준 그들에게 늦은 점심을 사겠다고 했다. 우리는 자리에 안내

되기도 전에 피부를 구릿빛으로 태운 반라의 남녀들이 식당 안을 활보하는 걸 볼 수 있었다. 특히 여자들은 내 손바닥만한 정도의 천으로 만들어진 비키니를 입고 있었다. 그들의 몸에서는 물이 뚝뚝 떨어지고 있었고.

만돌린 안에 수영장이 있었기 때문이다. 그래서 수영을 하다가 음식을 먹을 수도 있었고, 음식을 먹다가 즉각적으로 수영을 할 수도 있는 구조다. 실내 레스토랑인데 그렇다. 한국에도 풀에서 수영하는 사람들을 보며 바비큐를 먹기도 하는 시스템을 가진 실외 수영장이 있고, 침대 옆에 (욕조가 아니라) 풀을 가진 객실이 있는 호텔이 있지만, 이런 걸 본 적은 없었다. 게다가 만돌린의 풀이라는 것에는 레인조차 없다. 목욕탕의 대욕탕만한 사이즈도 못 된다. 그러니 수영보다는 수영복을 입고, 몸에 물을 묻히고, 그런 상태로 실내를 돌아다니고, 다시 몸에 물을 묻히고, 그러면서 다른 사람들에게 자기 몸을 보이고, 다른 사람들의 벗은 몸을 서로 봐주는 기능에 최적화된 곳이라 하겠다.

이런 곳에 우리 셋이 떨어졌으니, 그야말로 불시착한 외계인 느낌이었다. 나는 당황스러움을 감춘 채 '이게 뭐지?'라며 그 광경을 표나지 않게 보고 있었고, K는 입을 벌린 채 흥겨워했고, H는 못 볼 것을 보기라도 한 듯이 어쩔 줄 몰라 했다. 대개 옷을 벗고 있는 이들 사이에서 옷을 입고 있는 우리는 제각각의 이유로 곤란을 느껴야 했다. "정말 재밌어요"라며 K는 계속해서 싱글거렸지만, 난 단지 그가 재미있어서 그랬던 것만은 아니라고 생각한다.

나는 그들에게 우리가 어떻게 보일지 궁금했다. 일단 '두 명의 독일 남자와 한 아시아 여자'의 인적 구성인 데다 머리색과 옷차림과 나이도 제각각, 무엇보다 조합이 기묘하다. 가족으로도 보이지 않고, 그렇다고 친구나 동료 혹은 무엇으로도 보이지 않는 이상한 집합. 겉으로 보기에, 우리 셋을 엮을 수 있는 단서는 아무것도 없었다. 나는 그들 중 나처럼 타인에게 관심이 있는 사람이 있다면 나의 정체에 대해 궁금해할 거라고 생각했다. '대체 저 여자는 여기 어떻게 와 있지?' 혹은 '왜 와 있는 거지?'라고.

그 당시는 몰랐지만 소호하우스에 머무는 내내 동양 여자(동양 남자 역시)는 거의 볼 수 없었다. 그러니 그 검은 콧수염과 흰 콧수염(둘 다 콧수염을 길렀다. 콧수염만 길렀다!) 사이에 끼어 있던 나는 정말 이상하게 여겨졌을 거라고 생각한다.

그 시간의 만돌린에서는 부르스케타 같은 핑거푸드와 이런저런 샐러드, 콜드미트와 치즈 샘플러 등을 팔고 있었다. H는 메뉴판의 가격을 보더니 음식을 시키지 않겠다 했다. 자기가 내는 건 아니지만, H의 기준으로는 용납할 수 없었던 거다. 그는 종종 자신을 프롤레타리아라는 식으로 말했고, 그 덕에 독일 사회보장 제도의 혜택을 받고 있다고 말했다. 자기도 가난하고 자기의 가족도 가난하기 때문에 이렇게 많은 돈을 국가로부터 탈 수 있다고 말했다. 나는 고개를 끄덕였다. 그것 말고 내가 할 수 있는 것은 없었다.

만돌린의 가격은 내 기준에도 비쌌다. 나 혼자 한 끼를 먹기에는 그럭저럭 괜찮았지만, 우리 세 명의 음식과 음료 값을 감당하기에는 과한 곳이었다. 하지만 그들에게는 이런저런 신세를 져왔고, 다른 식으로 생각하면 비싼 것만은 아니었다. 마음에 드는 모자 하나를 샀다고 생각하면 전혀 비싸지 않다. 나는 '마음에 드는 모자를 싸게 샀고, 곧 잃어버리거나 잊어버렸다고 생각하자' 라고 마인드컨트롤을 했다.

나와 K는 칵테일과 맥주를 시켰다. H는 코카콜라를 시켰다. 내 생각에, H가 코카콜라를 좋아하기도 하지만 그게 메뉴판에서 가장 싸기 때문인 것 같았다. 하지만 다른 걸 시키라고 말할 수는 없었다. 나와 K는 터키식 샐러드와 파스타를 시켰다. 터키식 샐러드에는 그라시니 비슷한 것이 따라 나왔다. H는 그 그라시니 비슷한 비스켓 같은 것을 콜라랑 먹었다. 나는 두 번인가 그 그라시니 같은 것을 다시 달라고 웨이트리스에게 요청했다.

"부자들의 세상."

H는 말했다.

"저들에게는 고통이 없어요."

K가 말했다.

"정말 그럴까요?"

내가 말했다.

"고통이 없는 사람이 어디 있어요."

다시 말했다. 그러고는 화장실에 갔다. 그런데 화장실은 두 개뿐이었고, 화장실 앞에는 열 명이 넘는 반라의 남녀들이 줄을 서 있었다. 내 앞에도 벗은 남자, 내 뒤에도 벗은 남자가 있었다. 그러고 있는데 줄이 줄어들지 않았다. 아니, 화장실 한 곳에서는 10분이 넘도록 사람이 나오지 않고 있었다. 그러는 동안 나는 앞 남자(미남), 뒷 남자(역시 미남)와 눈을 마주치며 웃었다. 우리는 모두 급했고, 점점 인내심을 상실해가고 있

었는데, 상대방 역시 그럴 것이라는 걸 알았기 때문에 짓는 '에구에구'
하는 그런 웃음이었다.

　내가 거기 꼼짝을 못하고 있는 동안 H가 한 번, K가 한 번 다녀갔다.
그도 그럴 것이 내가 오래도록 오지 않아 안부가 걱정되었을 것이다.
K가 내게로 왔을 때, 그 열리지 않고 있던 화장실의 문이 열렸다. 여자가
나왔다. 그러고는 남자가 나왔다. 나는 여자가 하나 더 나오거나, 남자
가 하나 더 나올지 보고 있었는데 더 나오지는 않았다. K는 나를 보러 왔
다가 내가 화장실에 들어가지 못했던 이유 역시 보았던 것이다. 그러고
는 말했다. 고개를 절레절레 흔들면서. "정말 재밌어요." 세계의 별별 오
지를 다 가본 전직 외교관인 K에게 저런 일 정도가 놀라움을 준다는 게
난 놀라웠다. 사람들은 어땠더라? 짜증 섞인 눈빛으로 그 남녀를 쳐다보
는 정도였던 것 같다.

　내 입장은, 그들이 화장실에 같이 들어가건 말건 나와 관계 있는 일이
아니다. 화장실에 같이 들어가지 말라는 규칙이 있는 것도 아니고. 화장
실을 오염시키거나 변기를 막히게 해서 나를 곤란하게 하지만 않으면
된다. 그들이 어떤 일을 해도 개의치 않는다. 내게 피해를 주지 않는다
면. 그런데, 오후 3시에, 모두들 맥주를 마셔대서 배가 부풀어 있는 시각
에, 더군다나 화장실이 두 군데밖에 없는 곳에서 그러는 건 좀 그랬다.

　　　　　　　　　　　　　　・

　매일 이 만돌린에서 아침을 먹었다. 소호하우스 1층에 있는 이탈리아

식당인 체콘치니에서 먹기도 했지만, 그건 만돌린의 모든 아침 메뉴를 먹어보고 난 이후였다. 그리고 만돌린의 풍경이 그리 새롭지 않게 느껴지기 시작한 이후이기도 했다. 어느 곳에 있든 나는 선글라스를 쓰고 있었다.

나는 보았다. 전날 파티를 즐긴 '예술적인' 인간들이 여러 표정으로 아침을 보내는 것을. 혹은, 만돌린에 있는 그 자그마한 풀에서 과시할 만한 몸매를 과시하며 아침 대신 자신만의 행위를 하고 있는 인간들을. 수영복을 입은 사람들 뒤로는 구동독의 기념비적 상징물인 TV 타워가 번쩍였다. 은색으로 만들어진 TV 타워는 거대한 미러볼처럼 보였다. 소호하우스의 만돌린, 만돌린 안에서도 내가 매일같이 앉곤 했던 그 자리에서는 더.

이미 떠오른 아침 해가 TV 타워의 은색 외벽에 부딪히며 반사되는 것을 보면서 아름답다고 생각했다. 거대한 미러볼과 반나체의 구릿빛 인간들과 청록색 줄무늬 앞치마를 한 웨이트리스들의 다리 근육, 이 현세의 기호들이 뒤섞이며 만들어내는 기이한 풍광을 즐기며 나는 아침을 먹었다. 에스프레소와 빵 약간, 아니면 에스프레소와 반숙 두 개 정도의 단출한 아침을. 그것들을 한 번에 볼 수 있는 자리에 앉아서 말이다. 이것들을 모두 누리기 위해 나는 커다란 공용 테이블의 오른쪽 끝자리에 앉곤 했다. 그것이 소호하우스에서의 각별한 즐거움이었다.

•

H와 샬롯텐부르크 성으로 소풍을 갔던 것을 떠올렸다. 나는 물 두 병

과 블루베리 한 팩을 사갔다. 한국에 비해 훨씬 싸고 양도 많아서 나는 베를린에서 블루베리를 자주 먹었다. 우리는 벤치에 앉아서 블루베리를 먹었다. H는 이렇게 말했다. 비싼 거네요. 성에 들어가려고 했지만, H는 입장료가 너무 비싸다고 말했다. 나는 H의 입장료를 내도 상관없었지만 그건 H가 좋아할 것 같지 않았다. 그래서 우리는 샬롯텐부르크 성 주변을 산책했고, 매표소 옆에 있는 기념품 가게에 들어가 구경했다. 거기의 물건들도 비쌌다. 심지어 조악하기 짝이 없는데도 비쌌다. H는 그때도 고개를 절레절레 흔들면서 "너무 비싸요"라고 했던 것 같다. 샬롯텐부르크 성에는 들어가보지 못했지만 그날 H와 걸으면서, 그리고 벤치에 앉아서 했던 이야기들은 좋았다. 너무 좋았다. 나는 자신에 대해서 자신의 방식으로 아무렇지 않게 이야기할 수 있는 H가 좋았다.

이 소호하우스 부분을 쓰면서 다시 그와 관련된 일들을 생각하지 않았더라면 잊고 말았을 일이다. 그리고 우리 셋이 만돌린에 거의 침입(?)했던 그 오후에 대해서도 다시 생각하지 않았을지 모른다. 지금 생각해보면, 우리는 명백한 이방인이다못해 침입자였다. 그들과 너무나 어울리지 않는 이질적인 존재들. 그 시간의 만돌린은 '물 관리'에 실패했던 것이다. 나름 엄격하게 나를 심사한다고는 했지만 말이다. 소호하우스와 안에 있는 레스토랑들을 클럽 회원으로만 운영하려는 이유를 뒤늦게 깨달았다. 나처럼 '일시적인 존재'가 되려는 사람에게도 까다로운 이유를 말이다.

베를린에서의 문화생활

베를린에는 오페라하우스가 7개라는 말을 들은 적이 있다. 원래부터 음악이 융성했던 곳인 데다 동베를린과 서베를린으로 나눠져 경쟁하듯 오페라하우스가 발전했고, 통일된 이후 유지하다보니 7개나 되었다고 했던 듯하다. 하지만 나는 베를린에서 오페라하우스에 가본 적이 없다. 이 말을 들은 사람들은 아무리 음악을 좋아하지 않아도 그렇지 베를린 씩이나 가서 음악 공연 하나도 보지 않은 게 말이 되냐고 추궁하는데…… 어쨌든 그렇게 됐다.

그렇다면 나는 무엇을 했느냐? 열심히 걸어서 베를린 골목을 돌아다녔다. 그리고 미술관이나 갤러리에 갔다. '뮤지엄 패스'라는 것을 끊어서 베를린의 웬만한 뮤지엄은 줄을 서지 않고도 입장했다. 운 좋게 내가 있는 동안 베를린 비엔날레 기간이기도 해서 또 갤러리를 돌아다니며 출품작들을 구경했다.

●

뮤지엄 패스에 대해 말하기 전에 먼저 뮤지엄섬에 대해 말해야 할 것 같은데…… 베를린에는 '뮤지엄섬'이라는 데가 있다. 1999년에 유네스코 세계문화유산으로 지정되면서 더 유명해졌다. 베를린에 대해 조금이라도 관심을 가진 사람이라면 쉽게 알게 되는 정보다. 그리고 이 강력한 명칭은 사람을 끌어당긴다. '베를린에 섬이 있나?' '정말 뮤지엄이 섬에 있나?' '어떤 섬인가?'라는 궁금증을 연쇄적으로 불러일으키고, 거기에 가고 싶다는 생각이 들게 하는 것이다. 베를린에 90여 일을 머물던 나 역시 거기에 현혹된 사람 중 하나였다.

이 섬에 대해 알게 된 몇 가지를 말하자면 이렇다. 일단 이 섬이 정말 섬인가부터. 섬 맞다. 뮤지엄섬이 위치한 곳은 슈프레섬이고, 슈프레섬은 '물에 둘러싸여 있어야 한다'는 섬의 정의를 충족한다. 그리고 슈프레섬의 특별함에 대해 말해야 할 것이다. 슈프레섬은 슈프레강가에 위치한 섬이고, 슈프레강은 독일의 수도 베를린을 가로지르는 강이며, 이 슈프레강에는 베를린의 조망을 탐방하기 위한 유람선이 떠다닌다. 또 베를린에서 가장 아름다운 거리로 불리는 운터 덴 린덴과 오페라하우스인 슈타츠오퍼가 면해 있고, 옛 황제의 궁전이었다 구동독 시절 철거되었던 베를린 궁전이 복원 공사중이다. 그러니까 이 슈프레섬이라는 곳은 그냥 평범한 섬이 아닌 것이다. 여기는 베를린 역사의 한복판이다.

자, 이제 뮤지엄섬으로 진입해보기로 한다. 베를린의 중심들을 가로지르는 200번 버스를 타고 '기쁨의 정원'이라는 뜻의 루스트가르텐에 내리면 뮤지엄섬이 보인다. 이 '뮤지엄섬'이라는 이름은 인기를 끌어 얻게 된 별명 같은 게 아니고 공식 명칭이다. 독일어로는 뮤제움스인젤Museumsinsel(그래서 '박물관섬'으로도, '미술관섬'으로도 옮길 수 있다). 알테 뮤지엄(구박물관), 알테 내셔널갤러리(국립회화관), 노이스 뮤지엄(신박물관), 페르가몬 뮤지엄, 보데 뮤지엄, 이렇게 다섯 개의 박물관이 섬에 모여 있다.

이중 알테 뮤지엄이 가장 처음으로 건축되었고, 뒤이어 노이스 뮤지엄, 알테 내셔널갤러리, 보데 뮤지엄이 세워지고, 가장 마지막으로 페르가몬 뮤지엄이 들어선다. 이 건물들은 위치상으로도 내용상으로도 연결되어 있어 함께 관람하기에 좋다. 서로 간의 연결성이 하도 좋아서 이런 생각을 하게 된다. '과연 이 섬에 온 사람들 중 하나(의 건물)만 보고 가는 사람이 있을까?' '이 섬에 오지 않는 사람은 있어도 하나의 건물만 보고 가는 사람은 없지 않을까?'

그런데 이 섬이 하도 베를린의 명소이다보니 매표소에서 보내는 시간이 만만찮은 것 같다. 특히 페르가몬 뮤지엄 같은 경우는 표를 사는 데만 두 시간이 걸리기도 한다고 들었다. 표를 사는 시간을 허비하는 게 싫어 이곳에 가고 싶지 않다는 말도 들은 적이 있다. 내 경우를 말하자면, 입장권을 사느라 기다려본 적이 한 번도 없다.

뮤지엄 패스를 샀기 때문이다. 뮤지엄 패스가 있는 사람을 위한 입구가 따로 있어서 나는 바로 입장할 수 있었다! 나이와 신분과 기타 옵션에 따라 구매 가격이 달라지는데 내가 구매한 것은 '클래식 플러스'라는 티켓이었고, 지불한 돈은 100유로였다. 100유로를 내면 1년 동안 해당되는 박물관과 미술관을 무제한으로 갈 수 있는 것.

해당되는 박물관과 미술관 등이 무려 18곳이었다. 패스를 끊으면 주는 'What's Where?' 라는 제목이 붙은 영문판 브로슈어에 해당 뮤지엄들의 안내와 약도가 있었다. 뮤지엄섬에 있는 5개의 뮤지엄을 포함해 현대 미술관인 함부르거반호프, 달렘에 있는 인류학 박물관·유럽 문화 박물관·아시아 예술 박물관, 포츠다머 플라츠의 쿨투어포럼에 있는 고전 회화를 전시하는 게멜데 갤러리·예술 도서관인 쿤스트비블리오텍·장식 박물관이라고 할 수 있는 쿤스트게베르베, 슐로스 플라츠에 있는 슐로스 코펜픽, 샬롯텐부르크에 있는 초현실주의 미술관인 잠룽 샤프 게어슈텐베르크·피카소와 마티스 작품이 있는 베르그루엔 뮤지엄, 헬무트 뉴튼 전문 전시관이라고 할 수 있는 초로기셔가르텐 인근의 사진 박물관까지.

여기에 모두 갔다. 세 번을 간 곳도 있다. 베를린에 90여 일을 머무르는 동안 나는 위에 적은 뮤지엄들을 다니는 것만으로도 정신이 없었다. 아마도 내게 뮤지엄 패스가 있었기 때문일 거다.

•

베를린 비엔날레는 9월에 관람했다. 나는 파리에서 온 미술가 K, 베를린에 체류하고 있는 미술가 J와 함께 베를린 비엔날레를 관람했다. 베를린 비엔날레는 다른 비엔날레가 그렇듯 2년에 한 번씩 열리는 행사고, 1988년 시작되어 올해로 9회째를 맞이했는데, 운이 좋게도 시간이 맞아

관람할 수 있었던 것.

9회 베를린 비엔날레는 4월 6일부터 9월 18일까지 열렸는데, 나는 9월 3일과 4일 양일간에 걸쳐 전시를 봤다. 전시는 크로이츠베르크의 '포이에얼레 컬렉션The Feuerle collection', 미테의 '쿤스트 베르케(KW)' 'ESMT' '아카데미 데어 쿤스트Akademie der Kunste', 슈프레강가의 관광 보트인 '블루 스타'에서 열렸다.

벙커를 전시장으로 리모델링한 '포이에얼레 컬렉션'에서 나를 즐겁게 한 것은 미니어처 기차였다. 진행 요원이 관람객을 기차에 앉게 한 후 리모컨을 누르면 기차는 요란한 경적음을 울리며 전시장에 깔린 레일 위를 운행했다. 나는 기차 위에 앉아서 기차가 달리는 속도로 어두컴컴하게 연출된 전시장 안의 작품들을 보았고, 기차에서 내려 다시 내가 원하는 속도로 작품들을 다시 보았다. 이 달리는 기차는 조세핀 프라이드 Josephine Pryde의 〈The New Media Express〉(2014)라는 작품.

다음 목적지는 JSC라는 이름의 갤러리였다. 베를린 비엔날레에 참여한 전시장은 아니었으나 소장품이 놀랍다고 소문난 곳이었고, 크로이츠 베르크에서 미테로 올라가고 있던 우리의 동선과 맞기도 했다. JSC는 컬렉터인 율리아 슈토시케Julia Stoschek의 이름을 딴 곳으로 과연 충실하고 질 높은 소장품들로 이루어진 〈Welt am Draht〉전이 열리고 있었다. 여기서 꼭 기억해야 할 작가를 발견했다. 레이첼 로즈Rachel Rose. (이 갤러리와 레이첼 로즈에 대한 인상은 10장인 「베타니엔 갤러리」 부분에 이미 적어두었다.)

베를린 비엔날레를 이야기하면서 JSC에 대해 이야기한 것은, '베를린 비엔날레'와 '베를린 아트 위크'를 같이 이야기하기 위해서다. 베를린에서는 매해 9월의 한 주를 '베를린 아트 위크'로 삼는데(2016년에는 9월 13일부터 18까지였다), 그 기간에 'ABC 아트 베를린 컨템포러리'와 '포지션 베를린' 같은 아트 페어와 베를린 비엔날레(비엔날레가 열리는 해라면), 미술관과 갤러리의 굵직한 전시 등이 동시다발적으로 열리는 것이다. 그러니 베를린이나 미술에, 아니면 둘 다에 관심 있는 분들이라면 베를린의 9월에 주목해야 할 필요가 있다.

새로운 작품을 보고 새로운 작가를 알게 되는 것은 늘 놀랍도록 흥분되는 일임에 틀림없지만, 이번 베를린 비엔날레는 당혹스러운 면이 있었다. 거기서 본 대개의 작품들은 우리가 '걸작' 혹은 '작품'이라고 부르는 것과 좀 달랐기 때문이다. 예술적 완결성이라든가 테크닉의 숙련성, 절대적 미감 같은 게 없었다. 내 안목이 없어서 그런 것일 수도 있겠지만……

비엔날레의 홈페이지, 포스터, 브로슈어에 있는 이미지를 보면 내가 무슨 말을 하려는지 눈치챌 수 있을 것인데, 이것은 '미술'이라기보다는 '산업디자인'에 가까운 것으로 보였고, 산업디자인 중에서도 전자제품의 제원을 설명하는 브로슈어나 홈페이지의 틀 혹은 미감을 따르고 있었기 때문이다. 그리고 ESMT나 아카데미 데어 쿤스트는 전시장 자체를 마치 무역박람회장 혹은 전자 양판점 혹은 (그리 세련되지 않은) 패션몰처럼 꾸며놓았다.

그리고 작품을 '보는' 관람객의 행위에도 질문을 던지는 여러 장치들에 대해서도 말해야 할 것이다. 관람객들은 사무기기를 가져다놓은 회사의 회의실을 모방한 방에서, 또 거대한 매트리스에 누워 타인들과 함께, 혹은 변기를 설치해놓은 화장실에서 영상을 보았다. 당혹스러움과 신선함과 불편함을 느끼면서.

패션 컬렉션의 형식을 가져온 어떤 전시에서는 전시되어 있는 옷과 가방들을 모두 살 수 있었으며, 또 어떤 전시에서는 인스타그램 같은 SNS에 관람객들이 이미지를 공유할 수 있는 적극적인 플랫폼이 만들어져 있었고, 우리는 그것들에 참여하면서 같이 작품을 완성시키는 행위자가 될 것을 독려받았다.

내가 혼란스러웠던 것은 질문을 받았기 때문이다. 아주 당혹스러운 질문을. '미술이란 무엇인가?'라는 질문. 그 질문은 '예술이란 무엇인가?' 혹은 '예술적이란 것은 무엇인가?'라는 질문이 될 수밖에 없는 것이고. 또 이런 질문도 불러일으킨다. '예술은 무엇을 할 수 있는가?' 픽셀로 된 디지털 시대의 이미지가 여러 방식으로 진동하는 2016년의 전시장에서 받은 충격은 여전히 제대로 해석되지 않은 채로 남아 있다.

•

그리고 폭스뷔네Volksbuhne에서 연극인지 무용인지를 한 편을 보았다. 굳이 명명을 하자면 '비언어극'이라고 할 수 있을 테고(대사랄 게 없는 작품이었으므로), 연출가인 멕 스튜어트가 안무가로 이름을 날리는 사람이니 '무용극'이라고도 할 수 있을 것이다.

폭스뷔네는 민중극장이다. 장충동에 있는 극장의 이름이 국립극장인

것처럼, 이 극장의 이름 자체가 '민중극장'인 것이다. 폭스뷔네가 있는 로자 룩셈부르크 플라츠역 근처(내가 소호하우스로 이사와 살던 동네이기도)가 동베를린 지역이어서 이런 이름이 붙은지도 모르겠다. 북한에서는 아마 폭스뷔네를 '인민극장'이라고 번역할지도 모른다는 생각이 들었다.

과거 독일은 수많은 영주 국가들로 분할되어 있었고, 지금도 '독일'이라는 국가 아래 있긴 하지만 주마다 사람들의 기질이랄까 법 같은 게 많이 다르다. 특히나 개성이 도드라지는 바이에른주 같은 곳은 독일로부터 독립하고 싶다는 청원을 내기도 했었다. 하여튼, 이런 주끼리 경쟁하는 독일의 시스템 아래 극장들이 발전했다. 17, 8세기 영주들은 경쟁적으로 궁정극장을 지었고, 18세기 말부터 19세기에는 시민 계층이 시립극장을 세웠다. 이런 극장을 둘러싼 경쟁 덕에 구동독에는 한때 61개의 극장이 있었다고 한다. 풍부한 지원금으로 운영되었던 그곳들은 서독보다 여러 가지 의미에서 수준이 높았다고 하는데(1980년대 중반 문화 교류의 일환으로 서독에서 순회공연을 하던 동독의 극단들이 서독을 놀라게 했다는 말이……) 정말 그런지는 알 수 없다.

그 극장들은 지금 거의 비어 있다. 여전히 구동독 지역에서 명성을 날리고 있는 극장이 브레히트가 만든 '베를린 앙상블'과 폭스뷔네 정도인 것 같다. 베를린 앙상블은 쉬프바우어담 극장 안에 있는데, 밤에 K와 슈프레강가를 따라 베를린 외교가를 산책하다가 이 극장을 발견했다. 의자에 앉아 있는 브레히트의 동상을 보고서 직관적으로 알 수 있었다. '여기가 그곳이구나'라는 것을. 쉬프바우어담 극장은 건물 위에서 하얀 깃발이 흔들리고, 원형으로 된 전광판이 우아하게 회전하고 있었다. 그에 비하자면, 폭스뷔네는 어딘지 모르게 북한 스타일이다(북한이 모방한 구 동독과 러시아가 결합된 스타일이라고 해야겠지만). 웅장하고, 위엄 있고, 과시적이라는 말이다.

폭스뷔네에서 본 공연은, 베를린 비엔날레 이상으로 나를 힘들게 하고 당혹스럽게 했다. 여섯 명의 남녀가(일곱 명이나 여덟 명일 수도 있다) 서로 몸을 당기고 밀치다가 포개지더니 옷을 벗고서 벌이는 난장극이었기 때문이다. 옷을 벗는 것은 이 공연의 전체 구성에서 보자면, 전개 정도라고 할 수 있겠다. 무슨 말인가 하면, 옷을 벗는 것은 시작에 불과하며 더 지독(?)한 것들이 계속해서 기다리고 있다는 말이다. 그 지독한 것들이 무엇인가 하면……

두 명의 벗은 여자가 서로의 몸을 희롱한다. 서로의 유두를 양손으로 때리고, 다리를 관객석으로 향해 벌린다. 다리 안에 있는 여자들의 것이 관객석에 그대로 보인다. 그다음에는 둘의 다리를 있는 대로 벌리고, 발 끝을 서로의 음부로 향하게 한 다음 클리토리스를 간질인다. 여자들이 간지럽다는 식으로 웃는 걸 보고 있는데 불쾌함을 넘어서 고통스럽기 시작했다. 이건 또 아무것도 아닌 것이, 한 여자가 다른 여자의 항문 쪽으로 입술을 가져가서는 피리를 불었다. '뿌우뿌우' 하는 소리를 내면서. 또 금색 끈을 구해와서는 그걸 한 여자가 스스로의 질 안에 집어넣는 걸 보여주더니만, 잠시 후 그걸 또 꺼내서 관객석을 향해 흔들었다. 무슨 리본체조를 하는 듯한 포즈로 서서 말이다.

이 배우들이 내가 앞에서 말한 일련의 행위들을 할 때 대다수는 크게 웃었고, 물론 견디지 못하고 나가는 사람도 있었다. 나도 나가고 싶었지만 대체 이 난장쇼를 어떻게 수습할 것인지 궁금했기에 끝까지 앉아 있었다. 지루함과 불쾌감을 견디면서 말이다. 나는 여자들이 벗고서 벌이는 행동도 행동이었지만 이들이 하는 '즉석 토크'가 더 견딜 수 없었다. 영어로 해서 나도 조금은 알아들을 수 있었는데, 이런 내용이었다.

"전등이 안 들어와요. 그런데 그걸 고쳐줄 남자가 없어요. 고쳐주실 신사분, 손 들어보시겠어요? 오늘밤 우리집으로 오세요. 집 주소가 어떻게 되는가 하면……"이라거나 "예술하면서 사는 게 얼마나 힘든지 모르겠어요. 관리비를 안 내서 우리집 수도가 곧 끊길지도 모르겠어요, 엉엉"이라거나. 그러더니 케이크를 자르더니 먹고 싶은 사람은 손을 들라고 했다. 사람들이 의외로 손을 안 들자 배우들은 갑자기 관객석으로 침투, 케이크를 나눠주기 시작했다.

나를 분노케 한 것은…… 이런 것이다. 왜 남자는 벗지 않느냐는. 남자는 잠깐인가 벗고, 페니스를 달랑거리는 것 정도를 보여주고, 급하게 옷을 입었다. 발가벗고서 몸으로 하는 쇼를 보여주는 것은 여자들뿐이다. 여자의 몸만 대상화되고, 웃음거리를 자초하고, 불쾌감을 유발하고…… 그 이후 여자들이 하는 말은 그 여자들이 하던 행위들을 아무것도 아닌 것(기행이나 발광 정도?)으로 만들어버리는 것이었다고 생각되기 때문이다.

그렇게 전위(?)적으로 온몸을 내던지며 무대 위에서 열정을 불사르더니 결국 한다는 말이 '내게는 남자가 필요해요' 혹은 '나는 예술간데 가난해요. 어떻게 해야 되죠?' 이런 엄살이라니. 나는 일종의 모멸감을 느졌다. 내가 여자라는 것이, 그리고 내가 그들이 말하는 '예술'을 하고 사는 사람이라는 것이, 나 역시 그들처럼 형편이 넉넉하지 않다는 것이. '그래도 이런 건 아니지 않아?'라는 생각이 들었고, 화가 났던 것이다. 그런 불쾌감을 유발하고 자각을 일깨우는 게 이 공연의 목적이었다면 할말이 없지만 말이다.

이 무용단의 이름이 데미지 굿즈Damaged Goods다. 하자 있는 물건이라는 뜻의. 그럴싸하다. 우리 다 '하자 있는 물건들' 아니겠냐는 질문(혹은 자조 혹은 탄식)이 들어 있는 이름이라는 걸 알겠다. 폭스뷔네에서 벌였던 그 난장극에서의 행위들도 무언가의 상징이라는 걸 알겠지만, 나는 그걸 해석하고 싶지 않았다. 왜냐하면, 그건 예술을 위한 예술이었고, 보여주기를 위한 보여주기였고, 망가뜨리기를 위한 망가뜨리기라는 생각밖에는 들지 않기 때문에. '뭔가 내가 대단할 걸 보여주겠어. 너네들 잘봐!'라는 태도를 세 시간이 넘는 시간 내내 느꼈고 나는 정말이지 피곤했던 것이다.

멕 스튜어트의 이 무용단이 2005년 한국에도 왔었다. 신문에 몇 줄 실린 것이 남아 있다.

멕 스튜어트Meg Stuart의 '망가뜨리기 연구Disfigure Study' =소위 포스트휴머니즘의 대표작으로 호평과 혹평이 교차한 작품이다. 벨기에 무용단 'Damaged Goods'가 서기, 앉기, 걷기, 눕기 등 일상적 움직임을 정지, 분리, 반복시켜 동작의 본질을 표현한다. (오광수 기자, 경향신문, 2005년 5월 8일)

이때도 내가 본 것과 비슷한 공연을 올렸던 것 같다. 물론 그 정도의 수위를 한국 무대에서 구현했는지는 모르겠지만. '포스트휴머니즘'이라는 말이 웃긴다. 인간 이후의 인간이라는 뜻이라는 건 알겠는데, 포스트모던처럼 언제 들어도 웃긴다.

이 '망가뜨리기 연구'로 1991년 멕 스튜어트가 데뷔했다. 그녀 작품에 대한 평을 찾아보니 "지성적이고 진보적인 관객들이 가장 열광하는 현대무용가"라거나 "정상성의 범위를 벗어난 육체와 감각을 탐구"한다는 말이 있었다. 그날 베를린 공연에 대한 리뷰가 궁금해 찾아봤더니 베를린에서는 리뷰가 하나도 나오지 않았다.

일단 만들어야 망가뜨릴 수 있는 게 아닌가 싶은데…… 만들지 않고 망가뜨릴 수 있는지 나는 여전히 모르겠다. 이를테면 도자기를 구운 후에 깨트리고 조각을 이어붙이는 건 예술일 수 있겠지만, 도자기를 제대로 구울지 몰라 파쇄된 흔적들을 이어붙인다고 해서 도자기가 될 수 있나?

어쨌거나 이 공연은 내게 흔적을 남겼다. 나처럼 지성적이지도 진보적이지도 않은 사람에게도 말이다.

●

폭스뷔네에서 본 그 공연에 대해 어느 저녁 자리에서 말한 적이 있다. 베를린에서 살고 있는 한국 사람들이 모인 자리였다. 역시나 한국인인 호스트는, 베를린에서 한국 음식을 제대로 먹지 못하고 있을 우리들을 위해 한국 음식을 정성껏 준비했고, 초대를 받은 나를 포함한 사람들은 음식을 만들어오거나 사왔다. 나는 빈Wien 스타일의 케이크를 만드는 전통 있는 케이크 하우스에 가서 살구 파이 한 판과 초콜릿 케이크 한 판을 사서 갔다.

그 자리에서 베를린에서 겪은 저마다의 이색 체험 같은 걸 말하게 되었다. 나는 구동독 시절의 랜드마크인 소호하우스로 이사 갔다는 것과 폭스뷔네의 공연에 대해 말했다. 위에서 적은 것보다 더 생생하게 말했을 것이다. 그때는 공연을 본 지 일주일 정도밖에 지나지 않았기 때문에.

남자들은 얼굴이 좀 붉어진 것 같고, 여자들은 너무도 재미있어 했다. 나는 "정말 이상했어요"라고 했다. 그중 누군가가 말했다. 베를린의 공연은 좀 그런 식이라고. 무대 위에서 닭의 목을 따서 그 피를 뿌리는 걸 본 적도 있다고 했다. "왜 그런 걸까요?"라고 물었더니 거기 있던 한 독일 남자가 말했다. 전쟁을 겪은 세대인 우리들은 웬만한 걸 봐도 충격적이지 않다고, 그래서 점점 더 충격적인 걸 하려는 경향이 있는 것 같다고, 그런 걸 봐도 우리는 무덤덤하다고. 나는 폭스뷔네의 공연보다 그의 그 말이 훨씬 충격적이었다. 그 말을 듣던 또다른 사람이 말했다. "다음 세대는 안 그래요." 전쟁을 겪지 않은 세대가 전쟁을 겪은 세대보다 '덜 전위적'이라고 했다. 독일의 68세대는 '정말 리버럴'했다며.

이런 이야기를 들으며 눈빛을 빛내던 한 여자가 말했다. "우리는 입장권 사서 불꽃놀이 같은 거나 보고 그러는데요." "어디서요?" 나는 불꽃놀이에 대해 들은 적이 없었다. 불꽃놀이는 베를린 올림픽 스타디움에서 했다고 한다. 어디서도 본 적이 없는 불꽃놀이였다고. 그도 그럴 것이 베를린 올림픽 80주년을 기념해 열린 불꽃놀이였다고 한다. 나는 또 그제 야 '아, 베를린 올림픽이 1936년이었구나' 라는 생각을 할 수 있었다.

이야기는 다시 목욕탕으로 흘러갔다. 소호하우스에 사우나가 있는데 남녀혼탕이라 아무래도 들어갈 수 없다고, 여자만 들어가는 목욕탕을 혹시 아느냐고 내가 물었을 것이다. "아마 없을걸요?"라고 누군가가 말 했다. 그렇게 말한 사람은 여자였는데, 자기는 목욕탕에 그냥 간다고 했 다. "뭐가 어때서요?"라고 말하면서. 그녀는 내게 한 번은 가볼만 하다 고 했다. 그러면서 수건 돌리는 남자 이야기를 해줬다.

이게 재미있었다. 한 시간인가 두 시간에 한 번씩 한 직원 같은 남자가 탕으로 들어온다. 그 남자가 들어와서 무엇을 하는가 하면…… 수건을 돌린다. 공중에서 획, 획 크게 포물선을 그리게 하면서 수건을 돌린다고. "왜요?"라고 나는 물었고 이런 대답을 들었다. 고여 있는 공기의 순환을 원활하게 하기 위해서라고. '수건을 돌리는 것만으로 공기가 순환이 될 까?'라는 생각이 들었다.

아무래도 믿기 힘든 이야기다.

광장 • 로자 룩셈부르크

소호하우스에서 가장 가까운 지하철역은 로자 룩셈부르크역이었다. 로자 룩셈부르크역을 지나다니며 한국에도 유관순역 같은 게 있으면 좋겠다고 생각했다. 한편으로는 왜 베를린 지하철에 마르크스역이나 엥겔스역은 없냐는 의문이 들기도 했고. '막스Marx 알레'라는 마르크스의 이름을 딴 대로가 있긴 하지만 말이다. 지하철역 이름으로 쓰기에 적당한 사람이 있는 건지, 또 길 이름으로 붙이기에 적당한 사람이 따로 있는 건지 궁금하다. 그 법칙 같은 게 있을 거라는 생각이 들기 때문이다.

로자 룩셈부르크역과 역 근처에 있는 로자 룩셈부르크 플라츠 거리를 지나다니며 로자 룩셈부르크에 대해 생각하지 않을 수 없었는데, 뭐라 말할 수 없는 기분이 들곤 했다. 프롤레타리아 혁명을 꿈꿨던 여전사의 이름을 붙인 거리는 베를린에서 프롤레타리아스러움과 가장 거리가 먼 곳이 되고 말았다. 이곳에는 세분화된 취향과 기호를 만족시키기 위한 상점들이 있었고, 그것을 제대로 즐기려면 충분한 돈이 필요했다.

로자 룩셈부르크 플라츠에는 고급 상점 네 개가 나란히 붙어 있었다. 모자 가게, 모자 가게 옆의 문구점, 문구점 옆의 향수 가게, 향수 가게 옆의 프로세코 와인 전용 상점, 이렇게 말이다. 그 상점들의 쇼윈도나 가게 이름이나 정서가 '한 사람이 하는 게 아닐까?'라는 의문이 들 정도로 비슷한 데가 있었다.

처음 시선을 뺏긴 곳은 모자 가게였다. 거기에는 눈을 크게 뜨거나 입을 삐죽거리거나 하며 과장된 표정을 하고 있는 마네킹이 있었다. 그곳에는 내가 좋아하는 스타일인 챙이 짧은 모자들이 많았다. 고급 상점답지 않게 쇼윈도에 진열된 모자 앞에 가격을 명기해놓았는데, 색상과 원단과 바느질도 훌륭해 과연 그 가격을 받을 만하다는 생각이 들었다. 너무도 들어가고 싶었지만 들어가면 사고 말 것임을 알아서 들어가지 못했다. 어쨌거나 그 모자 가게에는 손님이 있는 걸 한 번도 못 보았다. 프로세코 가게에서는 잔 와인을 그 자리에서 마실 수 있는 것 같아서(스탠딩 테이블도 있었다) 계속해서 기회를 엿보았다. 어느 오후에 혼자 가서 딱 한 잔을 마시고 나오자고 생각했다. 그러나 그 근처를 지나갈 때의 나는 오후도 아니고 혼자도 아니어서 결국 들어가보지 못하고 말았다.

향수 가게에는 들어갔다. 내가 모르는 종류의 향수를 팔고 있었고, 무엇보다 '디 에어 the air'라는 가게 이름이 마음에 들었기 때문이다. '어떤 브랜드를 좋아하냐?' '어떤 향을 좋아하냐?' '요즘엔 뭘 쓰냐?' '지금 뿌린 건 뭐냐?'라고 묻는 것으로 시작해 향수 가게 남자는 내 취향을 진단해나가기 시작했다. 결국에는 좋아하는 색과 좋아하는 달도 물었다. 중간 중간 이탈리아 남자처럼 웃으면서. 남자는 몇 개를 권했고, 나는 잘 모르겠다고 했다. 그러자 이 남자는 공병을 다섯 개쯤 준비하더니 거기에 내게 줄 향수를 덜기 시작했다. 문제는 하나의 공병이 한 20밀리리터는 되는 사이즈였고, 이분은 그 공병에 향수를 꽉 채워 내게 테스트용으로 주려고 했다. 그걸 다 받을 수는 없었다. 그래서 하나만 달라고, 그리고 병이 너무 크다고 말해 간신히 하나의 병만 받아왔다. 그렇게 말이 많으면서 인심이 후한 향수 가게는 난생처음이었다.

문구점 여자는 향수 가게 아저씨와는 완전히 다른 스타일이었다. 정말 멋있는 헤어스타일을 한 게르만 미인이었는데, 큐레이터처럼 도도하게 서 있었다. 나는 고귀한 느낌의 지우개라든가 디자인이 특이한 만년필 같은 내가 좋아하는 사람들의 선물을 샀다. 그러느라 그 미인과 몇 마디 대화를 나눴어야 했는데 여러 가지가 인상적이었다. 일단 절대 웃지 않았고, 아주아주 작은 목소리로, 아주아주 천천히 말했다. 그래서 나는 그녀에게 더 가까이 다가갈 수밖에 없었고, 그녀도 내게 가까이 다가와 말했다. 몇 개 물건의 포장을 부탁했더니, 그녀는 물건을 가지고 안으로 들어갔다. 포장 방 같은 게 있는 문구점인 것이다. 아주 오래 기다려야 했는데, 결과물이 놀라웠다. 다섯 개의 포장을 부탁했는데, 다섯 개의 포장지가 모두 달랐고 형태에 따라서 포장하는 방식의 변화를 주었다. 어떤 포장에는 촛농을 떨어뜨린 후 그걸 그 상점의 인장이 새겨진 금속 도장으로 눌러 중세 시대의 물건처럼 보이게도 했다. 나는 포장 방 안에서의 그녀의 손놀림에 대해 상상했다. 그녀가 말하는 스타일처럼 느리고도 작은 보폭으로 움직였겠지만 정확하고 의미 있는 그 손끝을 말이다.

로자 룩셈부르크 광장

•

그때까지 나는 로자에 대해 아는 게 별로 없었다. 키가 아주 작은 여자였다는 것, 절름발이였다는 것, 프롤레타리아 혁명을 주장했다는 것, 비참하게 죽었다는 것 정도가 내가 로자에 대해 아는 전부였다.

로자의 생애에는 내 관심을 끌 만한 요소가 꽤 있었다. 그녀가 현재도 독일의 유력한 당인 사회민주당(SPD)의 주요한 이론가로 활동했다는 것, 그 당의 '온건함'을 견디지 못하고 나와 만든 당의 이름이 스파르타쿠스당이라는 것 등이다.

일단 검투사 출신으로 노예 반란 지도자였던 스파르타쿠스의 이름을 따서 지은 당명에 호감이 갔다. 그러다 알게 된 것이 조선노동당 내에도 스파르타쿠스당이 존재했다는 사실이다. 베를린과 경성의 두 스파르타쿠스당 사이에 크게 관련은 없는 것 같다. 베를린의 스파르타쿠스당이 1919년 1월 독일혁명에 이은 '1월 봉기'를 일으켰으나 실패해 사실상 당이 소멸됐고, 경성의 스파르타쿠스당이 결성된 것은 1923년 정도인 것 같으니 말이다. 하지만 베를린이 온건한 방식으로 사회주의화되려는 걸 참지 못하고 베를린의 스파르타쿠스당이 봉기했던 것처럼, 식민지 조선의 스파르타쿠스당 역시 급진적인 노선을 띠었을 것 같긴 하다.

로자 룩셈부르크는 폴란드의 부유한 유태인 가정에서 출생, 독일로 건너와 주로 베를린에서 활동했는데 참으로 바쁘고 열정적으로 살았다. 다섯 살 때부터 절름발이로 살았던 이 여자는 6개 국어를 했으며, 열다섯 살에 유태인 혁명 서클과 폴란드 프롤레타리아당에 가입, 적극적으로 활동한다. 그러다 러시아로부터 수배령이 내려지고, 1889년 수배를 피해 스위스로 망명한 김에 취리히대학에 입학하여 철학, 역사학, 경제학을 공부하고 박사학위까지 받는다. 신문을 발행해 민족주의 노선을 걷던 폴란드 사회주의 정당에 대항하기도 하고. 1905년, 1차 러시아혁명이 발발하자 폴란드 수도 바르샤바로 달려가 투쟁에 동참, 그 대가로 1906년 러시아 정부에 의해 두 달의 금고형을 받는다. 투옥, 다시 풀려나서 활동, 다시 투옥되는 사이클이 반복되고 그러면서 로자는 더 유명해지고 더 힘이 생긴다. 1898년, SPD에 가입해 활동하면서 요주의 인물이 된다. 그러다 SPD가 계급투쟁을 소홀히 하며 제국주의 전쟁에 동조하는 것에 반대, 당을 나와 스파르타쿠스당을 만든다.

이 당의 목적은, 혁명을 통해 제국주의 전쟁을 끝내고 프롤레타리아당을 세우는 것이었다. 그래서 1919년 1월 '베를린 봉기'라고도 하고 '1월 봉기'라고도 하는 걸 일으켰는데 실패, 처절하게 죽임을 당한다. 로자의 나이 49세였다.

로자의 생애보다 흥미로운 것이 로자의 죽음이다. 이 로자의 죽음에 대해서는 여러 설이 있고, 여전히 어떤 게 정설인지 확인되지 않았다. 감옥으로 이송되다 흥분한 호송병들에 의해 살해되었다는 설, 우파 의용단에 의해 살해되었다는 설, 티어가르텐 공원에서 총살되었다는 설, 길거리에서 군인들에게 발각 조리돌림을 당하다 개머리판으로 머리를 맞고 죽었다는 설, 그러면서 "전 세계의 프롤레타리아들이여, 단결하라!"라는 말을 남겼다는 게 추가되기도 한다. 로자의 죽음을 둘러싼 설들로 시끄러웠던 것은 로자가 큰 인물이어서기도 하지만 로자의 시체가 발견되지 않았기 때문이기도 하다.

　시체는, 로자가 죽임당한 지 네 달이 더 지나서야 발견된다. 베를린의 란트베어 운하에서 로자의 시신으로 보이는 것이 떠올랐다. 란트베어 운하에는 로자가 던져진 곳으로 추정되는 위치에 추모 조형물이 설치된다. 프리드리히스펠데 공원묘지에는 로자의 무덤이 조성되고, 그 무덤에는 방문객의 발길이 끊이지 않는다. 2009년까지는 이 이야기가 전부였다.

　그런데 2009년 베를린의 샤리테 병원(훔볼트 의대의 대학 병원으로 베를린에서 권위 있는 병원이라고 한다)에서 로자의 시체로 보이는 것이 발견되면서 로자의 죽음을 둘러싼 논란이 재점화된다. "로자의 시체다"라고 주장하는 이 남자의 의견에 맞서, "로자의 시체가 아니다" "보고서에 문제가 있다" 등등의 반대 의견이 다른 의사와 역사학자들로부터 나왔다.

　시체는 샤리테 병원의 지하에 있는 의학사 박물관에서 발견되었다. 그 주검은 머리, 손, 발이 잘려나간 주검이었는데, 엑스선 촬영 결과 로자가 아닐까 하는 의심을 가질 만한 증거들이 나왔던 것이다. 사망 당시 4, 50대 여성이었다는 것, 키가 작았다는 것, 골관절염을 앓았다는 것, 양쪽 다리의 길이가 달랐다는 것, 물에 잠겼던 것이 확인되었다.

　이건 단박에 뜨거운 화제가 되었다. 혹시 로자가 아니더라고 해도 신원을 은폐하기 위해 애쓴 한 구의 주검이 80년 후에 발견되었으니 그럴 만했다. 로자를 좋아하던 사람들과 로자의 무덤을 참배했던 사람들은 당혹감과 배신감에 휩싸였다. '그렇다면 로자의 무덤에 있던 시체는 뭐지?'라면서. 당시 로자의 무덤에는 시체가 없었다. 나치 시절에 훼손되었기 때문이라고 하는데, 그러니 확인할 길이 없는 것이다. 여러 가지로 미스터리다. 샤리테 병원의 의사는 그 무덤에는 다른 사람이 묻혔던 것 같다고 주장했다.

이 의사는 유전자 검사 등을 위해 룩셈부르크의 친척을 찾고 싶다고 언론에 말했다. 그러고 나서 2년 후, 이 의사는 이스라엘 예루살렘에 사는 룩셈부르크의 증손녀를 찾아간다. 로자의 증손녀는 러시아로 이주했었는데 당시 로자가 러시아에서 사회주의의 적으로 간주되면서 로자의 친척이라는 걸 숨겨왔다고 했다. 나는 그렇게 살아온 증손녀를 그 의사가 어떻게 찾았는지도 의문이었다. 하여튼 마지막으로 본 기사에서는 이 증손녀가 자신의 DNA샘플을 의사에게 보냈다는 걸로 나와 있다.

그 이후로는 이에 대한 기사가 딱히 없다. DNA 검사 결과는 어떻게 된 건지, 그 자하실에서 발견된 시체는 어떤 처리 과정을 겪었는지 알 수가 없는 것이다.

리 　 ·
　 　 베
포 　 　
　 　 를
트 　 　
　 　 린
· 　 　

　지금은 시답잖은 이야기가 되어버렸는데, 베를린에 가기 전 나의 가장 큰 고민 중 하나는 밥솥을 가져갈지 말지의 여부였다. 나는 '일단 가져가지 않겠다'의 입장이었는데, 그 입장을 고수할 수 없던 사정이 있었다. 엄마가 지속적으로 '밥솥을 샀냐'는 확인 전화를 했고, 베를린에 다녀온 S와 C도 내게 '괜찮은 밥솥을 가져가라'는 말을 여러 번 했다. 문제는 내가 귀가 얇은 사람이라는 것이다. 그래서 '밥솥?'이라고 회의하면서도 밥솥을 보고 다녔다.

　온라인 몰에 들락날락하고 전자제품 양판점에 가서도 보고 일본 제품을 파는 상점에 가서도 봤다(물건을 들일 때 정성을 쏟는 타입). 내가 밥솥을 볼 때 중요하게 생각했던 점은 이것이다. 작은 사이즈, 디자인, 성능, 재질. 밥솥을 사려고 해본 사람들은 알겠지만 작으면서 성능이 좋기란 어렵다. 그리고 밥솥의 디자인이라는 것이 거의 정형화되어 있기 때문에 선택의 폭이 넓지 않다. 쿠쿠나 쿠첸보다는 일명 코끼리밥솥이 디자인이 더 좋은 것 같아 사려고 했는데 막상 백화점이나 수입 상점에 작은 게 없었다.

어쨌거나 밥솥을 사지 않는 걸로 결론을 내렸다. 마음에 드는 밥솥이 없었기 때문이다.

내가 그랬던 것처럼, 이 밥솥을 둘러싼 고민은 외국에 한동안 나가 살기로 한 한국 사람들을 심란하게 하는 문제인 것 같다.

'베를린 리포트'의 생활 문답 코너에도 이 고민이 제일 많다(고 나는 느꼈다). 베를린 리포트는 인터넷 사이트로, 베를린뿐만이 아니라 독일 전역에 사는 한인들의 커뮤니티 같은 것이다. 나는 이 사이트에 종종 들어가 생활 문답 코너를 보곤 했다. 베를린에 가기 전에는 혹시나 해서 이 것저것을 살폈고, 베를린에 가서는 심심할 때 사람들이 뭐를 고민하는지 봤다. 그리고 한국으로 돌아온 이후로는 아주 가끔씩 들어가보고 있다. 역시나 사람들의 고민거리가 알고 싶기 때문이다.

좀 전에도 들어가 봤는데 역시나 밥솥에 대한 질문이 많았다. 밥솥을 사갈 수 있는지, 사가면 들고 가야 하는지 부치는 짐에 넣어야 하는지, 포장을 뜯어야 하는지 말아야 하는지에 대한. 재미있는 것이, 어떤 사람은 포장을 뜯어서 부피를 줄여야 한다고 하고 또 어떤 사람은 그렇게 하면 문제가 될 수 있으니 포장을 뜯지 않은 채로 가져가야 한다고 주장한다. 누군가는 이런 댓글을 달아놓았다. '어떤 분은 뜯지 말라고 하고 또 어떤 분은 뜯으라고 하니 반만 뜯어야 하나봐요.'

이런 글도 읽었다. 김밥을 싸려고 하는데 어떤 쌀을 사면 좋겠냐는 질문이었다. 독일에서 일반적으로 살 수 있는 쌀들은 대개 찰기가 없다. 그렇기 때문에 밥알끼리 잘 뭉쳐지지 않는다. 김밥을 싸려고 한다면 큰 문제가 아닐 수 없다. (밥알끼리 뭉쳐지지 않고 김 밖으로 흘러나오려는 밥을 상상하니 끔찍하다.) 댓글을 종합해보니, 독일에서 구할 수 있는 쌀 중에는 이런 품종이 좋겠다는 결론을 얻었다. '스시 라이스'가 가장 좋고, 그 다음이 '밀히 라이스'인 것 같다. 터키산 '장미 쌀'(포장지에 장미가 그려져 있다)이나 '리조또 라이스'도 좋다고 한다.

나도 밀히 라이스('우유 쌀'이라는 뜻. 우유와 어떤 관계인지는 알 수 없다)로 밥을 해 먹은 적이 있다. 내가 임대한 집에 그 쌀이 남아 있었고, 나는 냄비 밥을 했다. 밥은 잘되었다. 하지만, 밥과 함께 먹을 반찬이 없었다. 마땅한 반찬이 없다는 것을 밥을 하기 전에 몰랐는가 하면 그렇지도 않았다. 밥을 하면 어떻게 먹어질 줄 알았다. 하지만……

당시 내가 그리워했던 반찬들은 이것들이다. 석화젓, 청양고추부각, 오이지, 고추장에 박은 가죽나물, 여린 호박잎 쌈과 소라 쌈장 등등. 이렇게 너무도 구체적이고 디테일하다는 게 문제였다. 그러니 한인 슈퍼에서 구할 수 있을 것 같지 않았다.

나는 여름이면 일부러 갓 한 밥을 식힌 다음(찬밥과 갓 식힌 밥은 엄연히 다르다) 찬물을 붓고 가죽나물이나 갓김치, 오이지 같은 걸 올려서 먹었다. 내가 베를린에서 가장 그리웠던 것이 이 반찬들을 올려 먹는 물 말은 밥이었다.

그래도 한인 슈퍼 탐방에 나섰다. 오징어젓은 있었지만 창난젓은 없었고, 배추김치나 총각김치는 있었지만 갓김치는 없었다. 그러니 '고추장에 박은 가죽나물' 같은 보편적이지 않은 반찬이 있을 리 없었다. 예상했던 바이기는 했으나 예상이 그대로 들어맞을 때의 실망감도 적지 않았다. 빈손으로 나올 수는 없었다. 새우깡과 너구리, 미역, 종가집표 총각김치를 사서 나왔다. 진라면이나 스낵면을 사고 싶었는데 거기에는 없었다.

내가 밥솥을 사지 않은 것은 내가 밥 없이도 살 수 있는 사람이기 때문이다(라고 생각했기 때문이다). 쌀을 하루에 한 끼라도 먹어야 하는 사람이라면 밥솥이 마음에 들건 들지 않건 샀을 것이다. 생존의 문제이니까. 하지만 나는 아니었던 것이다.

석 달 동안 '쌀' 대신 다른 것들을 밥으로 먹었다. 야채와 과일과 치즈와 유제품, 콜드미트, 콜드 파스타 등등. 이렇게 적어놓고 보면 굉장히 단조로운 식생활인 것 같지만 꼭 그렇지만도 않은 게 과일만 해도 종류가 많고 맛도 좋았다. 반을 딱 쪼개 먹는 납작 복숭아부터, 살구, 포도, 체리, 자두, 사과, 베리류, 피살리스(바삭바삭 소리를 내는 마른 잎사귀 같은 껍질 안에 황금색 열매가 있다)까지. 여기에 블루치즈나 브리, 카망베르 같은 연성 치즈를 곁들일 때도 있었고, 아님 그라나파다노나 에멘탈 같은 딱딱한 치즈를 먹기도 했다. 가끔 영양이 걱정되면 비오 매장에서 로스트 치킨 조각을 사와서 구운 야채와 함께 먹었다.

•

그런데 갑자기 베를린에 추위가 찾아왔다. 7월에 말이다.

내가 도착한 날만 해도 발에 땀이 날 정도로 더웠다. 나는 여간해서는 땀을 흘리지 않는 사람으로, 내가 그 정도였다는 것을 정말 더웠다는 말이다. 그런데 나를 마중나온 사람은 베를린의 날씨가 이런 것은 극히 드문 일이라고 했다. 이렇게 날씨가 좋을 때 베를린에 온 게 축복인 줄 알라고.

그런데 그 '축복'은 며칠 만에 사라졌다.

"갑자기 베를린에 추위가 찾아왔다. 7월에 말이다"라고 적은 베를린의 추위는 이상한 게 아니었다. 베를린에서는 이게 정상이었다. 며칠 날씨가 좋았던 게 이례적인 일이었다고 한다.

베를린은 늘 그렇다고 한다. 여름에도 춥다. 북해의 영향으로 여름에도 매서운 바람이 몰아치곤 한다. 그래서 베를린 사람들은 그들이 사랑하는 조끼를 입거나 두꺼운 머플러(스카프 아님)를 두르고, 코트나 패딩을 입기도 한다. 코트나 패딩을 입는 사람이 많지 않을 것 같지만 그렇지도 않다. 길거리에서 고개를 돌려보면 한두 명은 꼭 겨울 외투를 입고 있다. 이게 베를린이고, 이게 베를린의 여름이다.

정수리가 뜨겁도록 덥다가도 그늘에 들어가면 기침이 나오도록 서늘한 유럽의 날씨를 겪은 바 있어서 나름대로 대비를 해 짐을 꾸려왔지만, 패딩은 준비하지 못했다. 내게 가장 두꺼운 옷이란 가을 재킷과 늦가을에 할 만한 숄 비슷한 머플러였는데, 그걸로 꽁꽁 싸매도 추웠다. 기온이 영하로 내려간 건 아니었지만 그렇다고 해서 춥지 않은 건 아니었다. 몹시 추웠다. 며칠 너무 덥다가 갑자기 기온이 떨어져서 그럴 수도 있고, 지극히 건조해서 그럴 수도 있다. 아니면 바람이 너무 차서 그럴 수도.

맨발로 로퍼를 신었다가 '뼛속까지 시리다'라는 느낌을 받고서 스타킹을 사러 슈퍼로 뛰어들어갔다. 스타킹을 신은 나는 유니클로가 있는 시내로 갔다. 베를린에는 한국처럼 동네마다 유니클로가 있지 않다. 베를린 전역을 다 해 서너 개 정도가 고작이다. 거기서 급히 가벼운 패딩을 샀다. 입었던 재킷 안에 그걸 입으니 좀 진정이 됐다. 그리고 집에 전화해 내 옷들을 소포로 부쳐달라고 구원을 요청했다.

그러고는 집에 들어와 너구리를 끓였다. 미역을 잘라 넣고, 라면이 웬만큼 익었을 때 콩줄기와 방울토마토를 투입했다. 야채를 풍성하게 넣기 위해 물은 처음부터 150밀리리터 더 넣었다(나는 계량컵이 없으면 라면을 끓이지 못하는 사람이다). 고춧가루나 청양고추, 아니면 베트남 고추를 넣고 싶었지만 아무것도 없었다. 대신 누군가가 남겨놓고 간 파슬리 가루와 파프리카 가루를 뿌리고, 통후추를 갈아 넣었다. 월계수잎도 두 장 넣었다. 그렇게 동양적이지도 않고 서양적이지도 않게 끓여낸 너구리 스튜를 종가집표 총각김치와 함께 먹었다.

부엌에는 총각김치를 씹는 소리만이 들렸다. 그 집에 머무는 내내 한 번도 텔레비전을 켠 적이 없었다. 나중에 시디 플레이어를 작동시키기는 했지만 그때는 아니었다. 스튜도 아니고 라면도 아닌 그것을 먹고 나니 몸에 좀 훈기가 돌았다. 샤워를 하고 나서 이불장을 열었다. 좀 두꺼운 이불을 찾아야 했기 때문이다. 이불장에는 뜻밖에도 전기장판이 있었다. 거기에는 포스트잇이 붙어 있었고. "추울 때 쓰시면 유용합니다. 온도 조절 안 됨."

전기장판은 정말 유용했다.

•

    베를린 리포트에서 수집한 재미있는 질문들을 소개해본다. 물론, 내가 어느 정도 가공했다. 사적이거나 여기에 적기에 민감할 수 있는 질문과 답변들은 제외했다. (생활 문답 코너에 이런 글들을 써주신 베를린 리포트 유저분들께 감사드립니다.)

식품

Q. 장어가 먹고 싶은데 손질된 장어를 파나요?

A1. 주변 양식장에 문의해보세요.

A2. 저는 생각날 때마다 이베이로 구입합니다(상냥하게도, 이베이 사이트를 함께 링크).

A3. 아시아마켓 가면 냉동 우나기도 있어요.

Q. Birne가 정말 배랑 맛이 비슷한가요?

A1. 우리나라 배처럼 수분도 많지 않고 달지 않아요.

A2. 종에 따라 다릅니다. Nashi birne는 나주 배랑 유사해요. 서양배 중에서 짧은 배 말고 긴 배일수록 답니다. 이를테면 긴 조롱박처럼 생긴 Abate 종은 정말 달아요.

A3. 맛은 우리 배랑 똑같아요. 그런데 식감이 완전 달라요. 우리 배는 아삭아삭하면서 수분 충만한 느낌인데, 서양배는 조금 찐득찐득하다고 해야 하나……

Q. 먹을 게 너무 없어요. 독일 사람들은 무얼 먹고 사나요? 한국 음식이 너무 그리워요.

A1. 누룽지 사서 김가루 뿌려 먹었는데 빵만 먹다 먹으니 꿀맛이었어요. 해보세요.

A2. 제가 해 먹는 것들입니다. 맛 없어도 돈 없어서 해 먹습니다. 냉동 피자, 스파게티, 목살 오븐구이, 고추장볶음밥, 만두 소면 간장국, 청경채 굴소스 목살 볶음⋯⋯

A3. 결론은 요리를 하셔야 합니다. 열 번 실패할 생각하시고 요리 하다보면 언젠가 독일 재료 들로 내 입맛에 맞게 요리할 수 있는 날이 옵니다.

Q. 돼지껍데기 구할 수 없나요? (없을 거라는 걸 예상하면서도 하는 질문이라 글쓴이가 얼마나 간절한 지 알 수 있다.)

A1. 껍데기에 소주 한잔 좋죠. 아마 구하기 힘들 겁니다.

A2. 삼겹살을 사면 껍데기가 붙어 있습니다. 그걸 떼내어 사용하면 어떨지⋯⋯

A3. 오! 돼지껍데기 너무 그립습니다!

생활

Q. 베를린 리포트의 포인트 어디에 쓰는 거죠?

A1. 저도 궁금하네요.

A2. 과시용입니다.

A3. 과시용⋯⋯ ㅋㅋㅋㅋㅋㅋ

Q. 독일 사람들도 구충제 먹나요?

A1. 일반적으로 챙겨먹지 않습니다.

A2. 구충제가 일반적이지도 않습니다.

A3. 아이를 키우는 분께 들었습니다. 1년에 두 번 먹이라고 학교에서 안내문이 온다고 하네요.

Q. 1월부터 12월까지 베를린 날씨가 어떤가요?

A1. 겨울 봄 여름 가을 겨울입니다.

A2. 비가 정말 자주 옵니다.

A3. 한국처럼 사계절이지만…… 겨울이 길고, 여름이 짧아요. 여름이 일찍 왔다 일찍 가는 편

이고요.

Q. 목욕하고 싶어요.

A1. 욕조가 있는 싼 호텔을 비수기 때 이용하는 게 어떨까요.

A2. 남 일 같지 않네요. 다음에는 꼭 욕조 있는 집으로 이사 가고 싶어요.

A3. 독일엔 왜 이렇게 욕조 없는 집이 많나요.

Q. 낚시하고 싶은데요. 독일에서는 낚시하려면 자격증이 있어야 한다고 하던데 정말인가요?

A1. 민물에서 낚시를 하려면 면허가 필요합니다. 자격증 시험은 1년에 한두 번 있는 것 같고

요. 바다낚시는 자격증 없이도 허가된 장소에서 할 수 있고요.

A2. 각 지역마다 낚시에 대한 허가 방식이 조금씩 다릅니다.

A3. 주마다 규칙이 달라요. 제가 사는 지역에서는 조금 큰 낚시용품 전문점에서 교육과 시험

을 담당하는 것 같더라고요. 아니면 인터넷 강의 사이트도 있어요. 외국인도 가능하다고

합니다.

낚시 면허가 있어야 (민물에서) 낚시를 할 수 있다는 게 흥미로웠다.

'프로 낚시꾼'을 양성하기 위한 자격증은 아닌 것 같고, 아무래도 환경

보호라든가 수종 보호 차원에서의 교육을 실시하려는 것 같은데, 내 추

측일 뿐이다.

이 사이트는 어떤 이유에선지 검색이 안 된다. 검색창이 아예 없다. 그 래서 하나씩 보는 방법밖에는 열람할 길이 없다는 걸 밝혀둔다.

•

강수연과 문성근이 주연했던 〈베를린 리포트〉라는 영화가 있었다는 것을 떠올렸다. 보려고 하니 DVD도 출시되지 않았고, 한국영상자료원 에도 별 정보가 없다. 비디오테이프를 구하자면 구할 수 있을 것 같은데 플레이어가 없다.

박광수 감독이 연출한 이 영화는 1991년 6월 개봉되었다. 시놉시스를 찾아보니 안성기도 주연이다. 안성기는 파리 특파원, 강수연은 입양아 출신의 한국계 프랑스인, 문성근은 강수연이 입양 가면서 헤어진 친오 빠 역이다. 문성근은 강수연의 양부가 그녀를 성적 대상으로 삼았다는 사실에 격분, 양부를 살해하고, 이 사건을 조사하던 안성기는 강수연을 사랑하게 되는데…… 문성근은 통일 전의 구동독으로 망명한 상태. 안 성기와 강수연이 함께 베를린으로 가서 문성근을 찾아내는 스토리라고 한다.

성인이 되기 이전의 내게는 텔레비전 시청권이 없었고, 있다고 하더 라도 9시 뉴스가 내가 볼 수 있는 가장 늦은 시간에 하는 프로그램이었 다. 친구들이 텔레비전에서 보았다며 한국 영화나 주말의 명화 같은 영 화들을 이야기할 때 별세상 이야기를 듣는 것 같았다. 어쨌든, 그런 나도

안성기와 강수연과 문성근이 나오는 영화들은 몇 편이나 본 적이 있다
는 게 신기하다. 특히나 문성근이 나오는 영화를 좋아했었다.

〈베를린 리포트〉를 볼 수 없음을 아쉬워하던 중 〈아토믹 블론드〉가
동네 극장에서 상영중이라는 소식을 알게 되었다. 이 영화가 베를린 장
벽이 무너지기 직전을 배경으로 하는 첩보물이라는 것도. 그 시대의 베
를린이 어떻게 담길지 궁금해 영화를 보러 갔다. 주인공인 샤를리즈 테
론은 영국 MI6의 초엘리트 요원으로 베를린으로 건너가 동베를린과 서
베를린을 수시로 넘나들며 많은 사람에게서 목숨을 위협받고, 그들과
계속해서 싸우며, 결국은 그녀와 붙은 남자들을 죽이거나 절단낸다는
내용. 죽고 죽이고, 속고 속이는 그런 영환데 내 관심사는 오로지 배경인
베를린이었다. 영화 속에 어느 장소가 나오는지 궁금했기 때문이다. 알
렉산더 플라츠 광장, 중앙역, 쿠담, 초역 부근, 카이저빌헬름교회, 베를
린 장벽 부근, 프리드리히 샤인, 슈프레강, 체크포인트 찰리 등이 빠르게
지나갔다.

그리고 순찰견들. 장소는 아니지만 동독 경찰들 곁에 있던 순찰견들
이 자꾸 생각났다. 슬라보예 지젝은 어느 책에서인가 그 개들을 언급한
적이 있다. 동독이 붕괴된 이후 6백여 마리의 순찰견이 남았는데 어떻게
처리해야 할지 아무도 몰랐다. 처치 곤란이었던 것이다. 사납고 용맹스
러울 것이라는 짐작으로 그 개를 집 지키는 개로 산 사람들은 실망했다.
아무도 공격하지 않으려 했기 때문에(정말 그랬을까?). 지젝은 이 이야기
를 하면서 그 책의 서문을 그 개들에게 바친다고 적고 있었다. 나는 그
개들이 그 이후 어떻게 되었는지 다시 궁금해졌다.

베를린 리포트

구글에서 〈아토믹 블로드〉의 이미지를 검색하다 MI6요원 역을 연기하고 있는 샤를리즈 테론의 스틸 컷이 아니라 영화배우로서의 샤를리즈 테론의 인터뷰 사진을 봤다. 멀리 TV 타워에 매달린 미러볼이 반짝이는 가운데 왼쪽으로는 파크인 호텔, 그 옆으로는 갤러리아 백화점과 패션몰 알렉스가 보인다. 전찻길과 도로가 함께 보이니 구동독 지역이 틀림없고. '어, 이 정도의 구도가 나오려면 소호하우스에서 찍었겠네?'라고 생각하고 사진 캡션을 확인해보니 2017년 7월 16일 소호하우스에서 찍은 사진이다. 다시 소호하우스가 얼마나 최적의 위치에 있는 곳인지를 느낀다. 소호하우스 테라스에서는 베를린의 상징을 한눈에 볼 수 있는 것이다. 2016년의 내가 소호하우스 만돌린에서 그랬던 것처럼.

나는 내가 그곳에 잠시 머물렀다는 게, 그리고 이렇게 돌아왔다는 게 여전히 실감나지 않는다.

에
필
로
그

2011년, 좋아하는 시인 K를 만나러 간 연희동에서 베를린에서 온 B를 만났을 때 나는 베를린에 가게 될 수밖에 없으리란 걸 알았다. 잎담배를 말아 피우던 B는 순수해 보였지만 퇴폐적인 데가 있었고, 명랑하게 우울했고, 자신의 근원에 대한 냉소와 함께 가난한 자신에 대한 자부가 있었고, 세상을 내 것으로 만들겠다는 열정과 그래서 또 뭐하겠느냐는 허무가 한데 있었다. 나는 B가 내 쌍둥이로 보였다. 외모도, 성격도, 말투도, 식성도, 체취도, 그 어떤 것도 닮지 않은 완전한 이란성 쌍둥이.

나는 종종 B와 베를린을 생각했다. 언제부턴가 그 둘은 하나가 되었다. 그렇게 베를린은 내게 환상의 도시가 되었다. 성가신 환상이었다. 왜냐하면 베를린에 가기 전까지 그 환상은 나를 놓아주지 않을 것이기 때문이었다. 그리고 나는 소극적이지만 집요하게 베를린을 그리워할 것이기 때문이었다. 전 세계가 자기 집인 것 같은 사람이 넘쳐나는 시대이지만 내집을 떠나기 귀찮아하는 나로서는, 그 예감이 매우 버거운 것이었다.

 2016년 2월, 삼 개월의 베를린 체류가 결정되었다. 2016년 6월에는 이 책을 계약했고, (계약서에 명시된 원고 인도 시기이도 한) 2016년 10월에 쓰기 시작해, 2017년 9월에 끝냈다.(내내 이 책만을 쓰고 있던 건 아니지만.) 그리고 2018년 2월인 오늘 에필로그를 쓰고 있다.

 베를린에는 2016년 7월부터 9월까지 90일 가량을 머물렀다. 나로서는 유래 없이 바쁘게 지냈는데, 그래서인지 집에 돌아오면 어떤 문장도 쓸 수 없었다. 한국으로 송고해야 하는 원고를 몇 편 쓰긴 했지만 뭔가 자발성을 갖고 글을 쓰기가 어려웠다. 런던에서 그 이유를 깨달았다.(베를린에서 서울로 돌아오기 전 런던에서 열흘 가량 머물 일이 생겼다.) 글을 쓸 수 없던 이유를 말이다. 길거리에서 펄펄 날뛰고 있는 글자를 해독하지 못했기 때문이었다. 런던에서 간판들, 지하철역의 이름들, 거리의 이름들, 사람들 등뒤에 쓰인 글자들을 읽는데…… 더듬더듬 읽는데…… 행복했다. '아, 나는 글자를 아는 사람이었지!' 하는 안도감이 밀려왔고, 마음이 이상해졌다.

 참 이상한 일이었다. 베를린에서 나는 내내 한국의 인터넷 사이트에 접속해 기사를 서칭했고, 한국어로 메일을 주고받았고, 활자중독증이 삼십 년 만에 재발해 베를린에서 구할 수 있는 한국어 텍스트(주로 소설)는 모조리 읽었고, 그것도 모자라 전자책 단말기에 담아간 고전들을 읽었는데도, 그것으로는 부족했던 모양이다. 질서를 갖춘 언어가 아닌 이상한 언어들, 구어에 가까운 날것의 언어들이 그동안 나를 얼마나 자극해왔는지 깨달았다. 그리고 동시에 나는 '이 나라'를 영원히 떠날 수 있는 처지가 못 된다는 것도.

233

런던을 거쳐 서울로 돌아온 것은 2016년 10월 초. 나는 그해 말까지도 정신을 차리지 못했다. 자도 자도 졸렸고 그래서였을 가능성이 높지만 늘 멍한 상태였다. 이 책은 2017년부터 본격적으로 쓰기 시작했는데 쉽게 써지지 않았다. 써야 할 것은 너무 많은데, 정리는 되지 않았고, 급기야는 챕터가 40개가 넘어가기도 했었다. 두 개의 챕터를 하나의 챕터로 합치거나 과감히 없애는 일을 했고, 그래서 지금의 상태가 되었다. 또 쓰기 어려웠던 데는 이런 이유도 있다. 삼 개월을 살아보고 감히 베를린에 대해 뭐라 뭐라 떠들고 있는 나에 대한 자기검열이 계속되었기 때문에.

언제나 그렇듯 가장 쓰고 싶었던 테마에 대해서는 쓰지 못했다. 이를 테면, 베를린의 헬무트 뉴튼, 비오 열풍과 케피르, 오스탈지(구동독적인 것에 대한 향수를 이르는 말), 베를린의 부유한 유태인들, 유태인이 끌려간 자리의 표식인 길거리의 황금빛 금속, 유태인 카페의 유태 음식, 베를린의 고용지원센터, 텐트 피플, 텐트 피플을 위한 거리의 체스판, 한밤의 폐허 관광자들, 구동독 출신 남자, 드레스덴에서 만난 네오나치, 와타나베와 갔던 노이쾰른 음악회, 베를린의 북한 대사관, 베를린 초밥집에서 만난 북한 외교관, 크로이츠베르크 걸, 일 년에 한번 열리는 배추 싸움, 보데 뮤지엄 앞에서 탱고를 추는 사람들, 위스키를 파는 약국, 베를린 미용실의 베를린 무드, 푸른 수염의 방 같은 지하실, 에밀 놀데와 브레히트, 타이 음식점에서 만난 포대화상, 유람선 모비딕, 백조로부터의 습격, 나체로 수영하는 호수, 귄터 그라스 와인, 베를린 발코니 아트, 맨발의 자유인, 노벨상 수상자의 방, 뉴저먼 시네마, 만날 수도 있었던 다와다 요코, 베를린의 서점, 베를린의 프랑스 거리, 프리드리히 슈트라세, 르

코르뷔지에의 아파트, 발터 그로피우스의 말굽 모양 주택단지, 트럭 테러, BMW가 개최하는 롤러 블레이드 마라톤……

이런 것들에 대해 쓰다가 결국 쓰지 못했다. 엉킬 대로 엉켜버린 생각의 꾸러미들을 제대로 풀지 못했던 것이다.

오래 품고 있던 이 책을 그만 내려놓는다. 이로써 '베를린 시절'을 마감한다. 내게 자신의 베를린을 보여준 G와 D와 I, 베를린에서 따뜻한 집밥을 여러 번 차려준 Y, 베를린 곳곳의 탐험을 제안해준 K……를 비롯한 모두에게 감사했다. 누구보다 씩씩해서 또 누구보다 우울할 이 책의 편집자 김민정 시인께, 이 책을 쓰는 내내 죄스럽고도 고마웠다.

베를린 사람, 베를린에서 태어난 사람, 베를린에 사는 사람, 베를린에 살았던 사람, 베를린에 잠깐 머물렀던 사람, 베를린을 떠나온 사람, 베를린에 가기로 한 사람에게, 베를린이라는 도시에 환상을 갖고 있는 2년 전의 나 같은 사람에게, 어쨌거나 베를린을 떨쳐버릴 수 없는 사람 모두에게 이 소박한 책을 바친다. 그리고 베를린에 없던 사람에게도. 당신들 때문에 쓸 수 있었습니다.

2018년 2월
한은형

걸어본다 **16** | 베를린

베를린에 없던 사람에게도

ⓒ 한은형 2018

초판 1쇄 인쇄 2018년 4월 5일
초판 1쇄 발행 2018년 4월 26일
지은이 한은형
펴낸이 김민정
편집 김필균 도한나
디자인 한혜진
마케팅 정민호 박보람 나해진 우상욱
홍보 김희숙 김상만 이천희
제작 강신은 김동욱 임현식
제작처 영신사
펴낸곳 (주)난다
출판등록 2016년 8월 25일 제406-2016-000108호
주소 10881 경기도 파주시 회동길 210
전자우편 blackinana@gmail.com 트위터 @blackinana
문의전화 031-955-2656(편집) 031-955-8890(마케팅) 031-955-8855(팩스)

ISBN 979-11-88862-10-8 03810